U0862882

古典文库

板桥杂记

幽梦影

浮生六记

（清）余怀 著
（清）张潮 著
（清）沈复 著

浙江古籍出版社

出版说明

《板桥杂记》，明末余怀所撰。

余怀（1616—1695），字澹心，一字无怀，号鬘翁，又号鬘持老人，福建莆田人，侨寓江宁（今南京）。明末清初文学家。著有《砚林》《宫闺小名后录》《板桥杂记》《妇人鞋袜考》《茶史补》《三吴游览志》《秋雪词》以及《味外轩文稿》《研山堂集》。

《板桥杂记》是余怀流传最广且影响巨大的一部作品。记述了明朝末年南京秦淮河畔诸名妓及有关见闻，以此寄寓黍离之悲，故国之思。

本书版本众多，此次整理，以《昭代丛书》所刊本为底本，并附《续板桥杂记》于后。

《幽梦影》，清张潮所撰。

张潮（1650—？），字山来，号心斋。安徽歙县（今黄山）人。张潮能文、擅词曲，与清初著名文士孔尚任、冒辟疆、陈维崧等人有交游，以辑录和刊刻丛书知名于当时。著有《花影词》《幽梦影》《心斋诗钞》，辑有《虞初新志》《昭代丛书》等。

《幽梦影》用小品的笔法，写出作者个人独特的见解，是一种全新的风格。每一则包含一种哲理，读之令人回味无穷。

本书的版本有一卷本和二卷木两个系统。一卷本为道光世楷堂《昭代丛书》本、沈宗畸《晨风阁丛书》第一集本、襟霞阁主人辑《国学珍本文库》本。二卷本有国学扶轮社辑《古今说部丛书》本、葛元照辑《啸园丛书》本、冯兆年辑《翠琅玕馆丛书》本、保粹堂辑《艺术丛书》本、黄肇新辑《芋园丛书》子部本等。

此次整理，以道光世楷堂刊《昭代丛书》本为底本，校以他本。对原文中的错讹之处径改，不出校记。

《浮生六记》，清沈复所撰。

沈复（1763—？），字三白，号梅逸。长洲（今苏州）人。《浮生六记》是一部自传体散文，原有六记：《闺房记乐》《闲情记趣》《坎坷记愁》《浪游记快》《中山记历》《养生记道》。今存前四记。作者以纯朴的文笔，记述自己大半生的欢愉与愁苦、生死与别离的惨痛经历。是中国古代文学史中稀见的记录夫妻间家庭生活的作品。情感真挚动人。

本书的发现传播过程也极为有趣。清宣宗道光年间，杨引传在苏州坊间得到此书手稿，其时后两记已佚。道光二十九年（1849）王韬曾为之写跋，称赞此书“笔墨之间，缠绵哀感，一往情深”。光绪二年（1877）杨引传交上海申报馆，以活字版排印，距成书已七十年。1935年，世界书局出版的《美化名著丛刊》收有《足本浮生六记》，其中所补两记均属伪作。后来此书得到俞平伯、林语堂二位先生的大力推荐，使得本书得以屹立世界文学之林。

此次整理，以1935年世界书局《美化名著丛刊》本为底本，并参考俞平伯点校本。两篇伪作亦收录其中。

此次出版，将《板桥杂记》《幽梦影》《浮生六记》汇为一册，基于以下两点考虑：其一，《板桥杂记》《幽梦影》《浮生六记》均为独抒性灵的小品文，且又各具特点，将三书汇为一册，可管窥晚明清初散文之概貌。其二，三书篇幅俱短小，单独成册，与本丛书开本不相适宜，故合为一册，以飨读者。

浙江古籍出版社

二〇一七年一月

目　录

板桥杂记

幽梦影

浮生六记

板桥杂记

序

或问余曰:“《板桥杂记》,何为而作也?”余应之曰:“有为而作也。”或者又曰:“一代之兴衰,千秋之感慨,其可歌可录者何限,而子惟狭邪之是述,艳冶之是传,不已荒乎?”余乃听然而笑曰:“此即一代之兴衰,千秋之感慨所系也。金陵古称佳丽之地,衣冠文物,盛于江南,文采风流,甲于海内。白下青溪,桃叶团扇,其为艳冶也多矣。洪武初年,建十六楼以处官妓,轻烟淡粉,重译来宾,称一时之盛事。自时厥后,或废或存,迨至百年之久,而古迹寝湮,存者惟南市、珠市及旧院而已。南市者,卑屑所居;珠市者,间有殊色;若旧院,则南曲名姬、上厅行首皆在焉。余生也晚,不及见南部之烟花、宜春之子弟,而犹幸少长承平之世,偶为北里之游。长板桥边,一吟一咏,顾盼自雄。所作诗歌,传诵诸姬之口,楚润相看,态娟互引,余亦自诩为平安杜书记也。鼎革以来,时移物换,十年旧梦,依约扬州,一片欢场,鞠为茂草,红牙碧串,妙舞清歌,不可得而闻也;洞房绮疏,湘帘绣幕,不可得而见也;名花瑶草,锦瑟犀毗,不可得而赏也。间亦过之,蒿藜满眼,楼馆劫灰,美人尘土,盛衰感慨,岂复有过此者乎!郁志未伸,俄逢丧乱,静思陈事,追念无因。聊记见闻,用编汗简,效东京梦华之录,标崖公蚬斗之名。岂徒狭邪之是述,艳冶之是传也哉。”客跃然而起,曰:“如此,则不可以不记。”于是作《板桥杂记》。

上卷 雅游

金陵为帝王建都之地,公侯戚畹,甲第连云;宗室王孙,翩翩裘马。以及乌衣子弟,湖海宾游,靡不挟弹吹箫,经过赵、李。每开筵宴,则传呼乐籍,罗绮芬芳,行酒纠觞。留髡送客,酒阑棋罢,堕珥遗簪。真欲界之仙都,升平之乐国也。

旧院人称曲中，前门对武定桥，后门在钞库街。妓家鳞次，比屋而居，屋宇精洁，花木萧疏，迥非尘境。到门则铜环半启，珠箔低垂；升阶则猧儿吠客，鹦哥唤茶；登堂则假母肃迎，分宾抗礼；进轩则丫鬟毕妆，捧娘而出；坐久则水陆备至，丝肉竞陈；定情则目挑心招，绸缪宛转。纨绔少年，绣肠才子，无不魂迷色阵，气尽雌风矣。妓家，仆婢称之曰娘，外人呼之曰小娘，假母称之曰娘儿。有客称客曰姐夫，客称假母曰外婆。

乐户统于教坊司，司有一官以主之，有衙署，有公座，有人役、刑杖、签牌之类，有冠有带，但见客则不敢拱揖耳。妓家各分门户，争妍献媚，斗胜夸奇，凌晨则卯饮淫淫，兰汤滟滟，衣香一室；停午乃兰花茉莉，沉水甲煎，馨闻数里；入夜而擫笛搊筝，梨园搬演，声彻九霄。李、卞为首，沙、顾次之，郑、顿、崔、马，又其次也。

长板桥在院墙外数十步，旷远芊绵，水烟凝碧。迴光、鹫峰两寺夹之，中山东花园亘其前，秦淮朱雀桁绕其后，洵可娱目赏心，漱涤尘襟。每当夜凉人定，风清月朗，名士倾城，簪花约鬓，携手闲行，凭栏徙倚。忽遇彼姝，笑言宴宴，此吹洞箫，彼度妙曲，万籁皆寂，游鱼出听，洵太平盛事也。

秦淮灯船之盛，天下所无。两岸河房，雕栏画槛，绮窗丝障，十里珠帘。客称既醉，主曰未归。游楫往来，指目曰：某名姬在某河房，以得魁首者为胜。薄暮须臾，灯船毕集，火龙蜿蜒，光耀天地，扬槌击鼓，蹋顿波心。自聚宝门水关至通济门水关，喧阗达旦。桃叶渡口，争渡者喧声不绝。余作《秦淮灯船曲》中有云：遥指钟山树色开，六朝芳草向琼台。一围灯火从天降，万片珊瑚驾海来。又云：梦里春红十丈长，隔帘偷袭海南香。西霞飞出铜龙馆，几队娥眉一样妆。又云：神弦仙管玻璃杯，火龙蜿蜒波崔嵬。云连金阙天门迥，星舞银城雪窖开。皆实录也。嗟乎，可复见乎！

教坊梨园，单传法部，乃威武南巡所遗也。然名妓仙娃，深以登场演剧为耻，若知音密席，推奖再三，强而后可，歌喉扇影，一座尽倾，主之者大增气色，缠头助采，遽加十倍。至顿老琵琶、妥娘词曲，则只应天上，难得人间矣！

裙屐少年，油头半臂，至日亭午，则提篮挈榼，高声唱卖逼汗草、茉莉花，娇婢卷帘，摊钱争买，捉膀撩胸，纷纭笑谑。顷之，乌云堆雪，竟体芳香矣。盖此花苞于日中，开于枕上，真媚夜之淫葩，殢人之妖草也。建兰则大雅不群，

秦淮漁唱

宜于纱橱文榭，与佛手木瓜同其静好，酒兵茗战之余，微闻香泽，所谓王者之香，湘君之佩，岂淫葩妖草所可比拟乎。

南曲衣裳妆束，四方取以为式，大约以淡雅朴素为主，不以鲜华绮丽为工也。初破瓜者谓之梳拢，已成人者谓为上头，衣饰皆客为之措办。巧样新裁，出于假母，以其余物自取用之。故假母虽年高，亦盛妆艳服，光彩动人。衫之短长，袖之大小，随时变易，见者谓是时世妆也。

曲中女郎，多亲生之女，故怜惜倍至。遇有佳客，任其留连，不计钱钞，其伧父大贾，拒绝勿与通，亦不怒也。从良落籍，属于祠部。亲母则所费不多，假母则勒索高价，谚所谓"娘儿爱俏，鸨儿爱钞"者，盖为假母言之耳。

旧院与贡院遥对，仅隔一河，原为才子佳人而设。逢秋风桂子之年，四方应试者毕集，结驷连骑，选色征歌，转车子之喉，按阳阿之舞，院本之笙歌合奏，回舟之一水皆香。或邀旬日之欢，或订百年之约。蒲桃架下，戏掷金钱；芍药栏边，闲抛玉马，此平康之盛事，乃文战之外篇。若夫士也色荒，女兮情倦，忽裘敝而金尽，遂欢寡而愁殷。虽设阱者之恒情，实冶游者所深戒也，青楼薄幸，彼何人哉！

曲中市肆，清洁殊常。香囊云舄，名酒佳茶，饧糖小菜，箫管瑟琴，并皆上品。外间人买者，不惜贵价；女郎赠遗，都无俗物。正李仙源《十六楼集句》诗中所云"市声春浩浩，树色晓苍苍。饮伴更相送，归轩锦绣香"者是也。

虞山钱牧斋《金陵杂题绝句》中，有数首云：

淡粉轻烟佳丽名，开天营建记都城。
而今也入烟花部，灯火樊楼似汴京。

一夜红笺许定情，十年南部早知名。
旧时小院湘帘下，犹记鹦哥唤客声。（旧院马二娘字晁采）

惜别留欢恨马蹄，勾栏月白夜乌啼。
不知何与汪三事，趣我欢娱伴我归。

别样风怀另酒肠，伴他薄幸奈他狂。
天公要断烟花种，醉杀扬洲萧伯梁。

顿老琵琶旧典型，檀槽生涩响零丁。
南巡法曲谁人问？头白周郎掩泪听。（绍兴周禹锡喜听顿老琵琶）

旧曲新诗压教坊，缕衣垂白感湖湘。
闲开闰集教孙女，身是前朝郑妥娘。（郑如英小名妥娘，时载《列朝诗选闰集》中）

新城王阮亭《秦淮杂诗》中有二首云：

旧院风流数顿杨，梨园往事泪沾裳。
樽前白发谈天宝，零落人间脱十娘。

旧事南朝剧可怜，至今风俗斗婵娟。
秦淮丝肉中宵发，玉律抛残作笛钿。

以上皆伤今吊古、慷慨流连之作，可佐南曲谈资者，录之以当哀丝急管。黄涪翁云:“解作江南断肠句，世间唯有贺方回。”倘遇旗亭歌者，不能不画壁也。

中卷　丽品

余生万历末年，其与四方宾客交游，及入范大司马莲花幕中为平安书记者，乃在崇祯庚辛以后。曲中名妓，如朱斗儿、徐翩翩、马湘兰，皆不得而见之矣。则据余所见而编次之，或品藻其色艺，或仅记其姓名，亦足以征江左之风流，存六朝之金粉也。昔宋徽宗在五国城，犹为李师师立传，盖恐佳人之湮灭不传，作此情痴狡狯耳。风乍起，吹皱一池春水，干卿何事？彼美人兮，巧笑倩兮，美目盼兮。彼君子兮，中心藏之，何日忘之！

尹春，字子春，姿态不甚丽，而举止风韵，绰似大家。性格温和，谈词爽雅，无抹脂障袖习气，专工戏剧排场，兼擅生、旦。余遇之迟暮之年，延之至家，演《荆钗记》，扮王十朋，至《见娘》《祭江》二出，悲壮淋漓，声泪俱迸，一座尽倾，老梨园自叹弗及。余曰:“此许和子《永新歌》也，谁为韦青将军者乎！”因赠之以诗曰:“红红记曲采春歌，我亦闻歌唤奈何。谁唱江南断肠句，青衫白发影婆娑。”春亦得诗而泣，后不知其所终。

嗣有尹文者，色丰而姣，荡逸飞扬，顾盼自喜，颇超于流辈。太平张维则昵宠之，唯其所欲，甚欢。欲置为侧室，文未之许，属友人强之，文笑曰:“是不难。嫁彼三年，断送之矣。”卒归张。未几，文死。张后十数年乃亡。仕至

長橋遊舫

监司，负才华，任侠，轻财结客，磊落人也。

李十娘，名湘真，字雪衣。在母腹中，闻琴歌声，则勃勃动。生而娉婷娟好，肌肤玉雪，既含睇兮又宜笑，殆《闲情赋》所云“独旷世而秀群”者也。性嗜洁，能鼓琴清歌，略涉文墨，爱文人才士。所居曲房秘室，帷帐尊彝，楚楚有致。中构长轩，轩左种老梅一树，花时香雪霏拂几榻；轩右种梧桐二株，巨竹十数竿。晨夕洗桐拭竹，翠色可餐，入其室者，疑非尘境。余每有同人诗文之会，必至其家。每客用一精婢侍砚席、磨隃麋、爇都梁、供茗果。暮则合乐酒宴，尽欢而散，然宾至秩然，不及于乱。于时流寇讧江左，名士渡江侨金陵者甚众，莫不艳羡李十娘也。十娘愈自闭匿，称善病不艳饰，谢宾客。阿母怜惜之，顺适其意，婉语逊词，概勿与通。惟二三知己，则欢情自接，嬉怡忘倦矣。后易名贞美，刻一印章曰“李十贞美之印”。余戏之曰：“美则有之，贞则未也。”十娘泣曰：“君知儿者，何出此言？儿虽风尘贱质，然非好淫荡检者流，如夏姬、河间妇也。苟儿心之所好，虽相庄如宾，情与之洽也；非儿心之所好，虽勉同枕席，不与之合也。儿之不贞，命也！如何？”言已，涕下沾襟。余敛容谢之曰：“吾失言，吾过矣！”

十娘有兄女曰媚姐，十三才有余，白皙，发覆额，眉目如画。余心爱之，媚亦知余爱，娇啼婉转，作掌中舞。十娘曰：“吾当为汝媒。”岁壬午，入棘闱。媚日以金钱投琼，卜余中否。及榜发，落第，余乃愤郁成疾，避栖霞山寺，经年不相闻矣。鼎革后，泰州刺史陈澹仙寓丛桂园，拥一姬，曰姓李。余披帏见之，媚也。各黯然掩袂，问十娘，曰：“从良矣。”问其居，曰：“在秦淮水阁。”问其家，曰：“已废为菜圃。”问其老梅与梧、竹无恙乎？曰：“已摧为薪矣。”问阿母尚存乎。曰：“死矣。”因赠以诗曰：“流落江湖已十年，云鬟犹卜旧金钱。雪衣飞去仙哥老，休抱琵琶过别船。”

葛嫩，字蕊芳。余与桐城孙克咸交最善，克咸名临，负文武才略，倚马千言立就，能开五石弓，善左右射，短小精悍，自号“飞将军”。欲投笔磨盾，封狼居胥，又别字曰武公。然好狭邪游，纵酒高歌，其天性也。先昵珠市妓王月，月为势家夺去，抑郁不自聊，与余闲坐李十娘家。十娘盛称葛嫩才艺无双，即往访之。阑入卧室，值嫩梳头，长发委地，双腕如藕，面色微黄，眉如远山，瞳如点漆。教“请坐”。克咸曰：“此温柔乡也，吾老是乡矣！”是夕定情，一月不出，后竟纳之闲房。甲申之变，移家云间，间道入闽，授监中丞杨文骢军事。兵败被执，并缚嫩。主将欲犯之，嫩大骂，嚼舌碎，含血噀其面，将手刃之。克咸见嫩抗节死，乃大笑曰：“孙三今日登仙矣！”亦被杀，中丞父子三人同日殉难。

李大娘，一名小大，字宛君，性豪侈，女子也，而有须眉丈人之气。所居台榭庭室，极其华丽，侍儿曳罗縠者十余人。置酒高会，则合弹琵琶、筝瑟，或狎客沈元、张卯、张奎数辈，吹洞箫，唱时曲。酒半，打十番鼓。曜灵西匿，继以华灯，罗帏从风，不知喔喔鸡鸣，东方既白矣。大娘曰：“世有游闲公子、聪俊儿郎，至吾家者，未有不荡志迷魂、沉溺不返者也。然吾亦自逞豪奢，岂效龌龊倚门市娼，与人较钱帛哉！”以此，得“侠妓”声于莫愁、桃叶间。

后归新安吴天行。天行巨富，赀产百万，体羸，素善病，后房丽姝甚众，疲于奔命。大娘郁郁不乐。曩所欢胥生者，赂仆婢，通音耗。渐托疾，荐胥生能医，生得入见大娘。大娘以金珠银贝纳药笼中，挈以出，与生订终身约。后天行死，卒归胥生。胥生本贫士，家徒四壁立，获吴氏资，渐殷富，与大娘饮酒食肉相娱乐，教女妓数人歌舞。生复以乐死。大娘老矣，流落阛阓，仍以教女娃歌舞为活。余犹及见之，徐娘虽老，尚有风情，话念旧游，潸然出涕，真如华清宫女说开元、天宝遗事也。昔杜牧之于洛阳城东重睹张好好，感旧论怀，题诗以赠，末云：“朋游今在否，落拓更能无。门馆恸哭后，水云秋景初。斜日挂衰柳，凉风生座隅。洒尽满襟泪，短歌聊一书。”正为今日而说。余即出素扇以贻之，大娘捧扇而泣，或据床以哦，哀动邻壁。

顾媚，字眉生，又名眉，庄妍雅靓，风度超群，鬓发如云，桃花满面，弓弯纤小，腰肢轻亚，通文史，善画兰，追步马守真，而姿容胜之，时人推为南曲第一。家有眉楼，绮窗绣帘，牙签玉轴，堆列几案，瑶琴锦瑟，陈设左右，香烟缭绕，檐马丁当。余尝戏之曰：“此非眉楼，乃迷楼也。”人遂以“迷楼”称之。当是时，江南侈靡，文酒之宴，红妆与乌巾紫裘相间，座无眉娘不乐。而尤艳顾家厨食品，差拟郇公、李太尉，以故设筵眉楼者无虚日。

然艳之者虽多，妒之者亦不少。适浙东一伧父，与一词客争宠，合江右某孝廉互谋，使酒骂座，讼之仪司，诬以盗匿金犀酒器，意在逮辱眉娘也。余时义愤填膺，作檄讨罪，有云：“某某本非风流佳客，谬称浪子、端王，以文鸳彩凤之区，排封豕长蛇之阵；用诱秦诓楚之计，作摧兰折玉之谋，种夙世之孽冤，煞一时之风景”云云。伧父之叔为南少司马，见檄，斥伧父东归，讼乃解。眉娘甚德余，于桐城方瞿庵堂中，愿登场演剧为余寿。从此摧幢息机，矢脱风尘矣。未几，归合肥龚尚书芝麓。尚书雄豪盖代，视金玉如泥沙粪土，得眉娘佐之，益轻财，好怜才下士，名誉盛于往时。客有求尚书诗文及乞画兰者，缣笺动盈箧笥，画款所书“横波夫人”者也。岁丁酉，尚书挈夫人重游金陵，寓市隐园中林堂。值夫人生辰，张灯开宴，请召宾客数十百辈，命老梨园郭长春等演剧，酒客丁继之、张燕筑及二王郎（中翰王式之、水部王恒之），串《王母瑶池宴》。夫人垂珠帘，召旧日同居南曲呼姊妹行者与燕，李大娘、十娘、王节娘皆在焉。时尚书门人楚严某赴浙监司任，逗留居樽下，褰帘长跪，捧卮称：“贱子上寿！”坐者皆离席伏，夫人欣然为罄三爵，尚书意甚得也。余与吴园次、邓孝威作长歌纪其事。嗣后，还京师，以病死。敛时，现老僧相，吊者车数百乘，备极哀荣。改姓徐氏，世又称徐夫人。尚书有《白门柳传奇》行于世。

顾眉生既属龚芝麓，百计求嗣，而卒无子。甚至雕异香木为男，四肢俱动，锦绷绣褓，顾乳母开怀哺之，保母褰襟作便溺状，内外通称“小相公”。龚亦不之禁也。时龚以奉常寓湖上，杭人目为“人妖”。后龚竟以顾为亚妻。元配童氏，明两封孺人，龚入仕本朝，历官大宗伯，童夫人高尚，居合肥，不肯随宦京师，且曰：“我经两受明封，以后本朝恩典，让顾太太可也。”顾遂专宠受封。呜呼！童夫人贤节过须眉男子多矣！

董白，字小宛，一字青莲，天姿巧慧，容貌娟妍，七八岁时阿母教以书翰，辄了了。少长顾影自怜，针神曲圣，食谱茶经，莫不精晓。性爱闲静，遇幽林远涧，片石孤云，则恋恋不忍舍去。至男女杂坐，歌吹喧阗，心厌色沮，意弗屑也。慕吴门山水，徙居半塘，小筑河滨，竹篱茅舍，经其户者则时闻咏诗声或鼓琴声，皆曰：“此中有人。”已而，扁舟游西子湖，登黄山，礼白岳，仍归吴门。丧母抱病，赁居以栖。随如皋冒辟疆过惠山，历澄江荆溪，抵京口，涉金山绝顶，观大江竞渡以归。后卒为辟疆侧室，事辟疆九年，年二十七，以劳瘁死。辟疆作《影梅庵忆语》二千四百言哭之，同人哀辞甚多，惟吴梅村宫尹十绝可传小宛也。其四首云：

珍珠无价玉无瑕，小字贪看问妾家。
寻到白堤呼出见，月明残雪映梅花。

又云：

念家山破定风波，郎按新词妾按歌。
恨杀南朝阮司马，累侬夫婿病愁多。

又云：

甘露胜亭
向在霞舟
山陳時因
甘露降而
建舊跡無
稽我
朝群慰農
太史在龍
蟠里建群
盧墟湖心
亭舊有妙
香庵今增
曾文正沈
文肅諸公
祠沿堤環
遶輝映一
時太史屬
余補此一
幀以易前
景後學苕
溪徐虎識

乱梳云髻下妆楼，尽室苍黄过渡头。
钿盒金钗浑抛却，高家兵马在扬州。

又云：

江城细雨碧桃村，寒食东风杜宇魂。
欲吊薛涛怜梦断，墓门深更阻侯门。

卞赛，一曰赛赛，后为女道士，自称玉京道人。知书，工小楷，善画兰、鼓琴，喜作风枝袅娜，一落笔，画十余纸。年十八，游吴门，居虎丘。湘帘棐几，地无纤尘。见客，初不甚酬对；若遇佳宾，则谐谑间作，谈辞如云，一座倾倒。寻归秦淮，遇乱后，游吴门。吴梅村学士作《听女道士卞玉京弹琴歌》赠之，中所云“昨夜城头吹筚篥，教坊也被传呼急。碧玉班中怕点留，乐营门外卢家泣。私更妆束出江边，恰遇丹阳下渚船。剪就黄绝贪入道，携来绿绮诉婵娟”者，正此时也。在吴作道人装，然亦间有所主。侍儿柔柔，承奉砚席如弟子，指挥如意，亦静好女子也。逾两年，渡浙江，归于东中一诸侯。不得意，进柔柔当夕，乞身下发。后归吴，依良医郑保御，筑别馆以居。长斋绣佛，持戒律甚严，刺舌血书《法华经》，以报保御。又十余年而卒，葬于惠山祇陀庵锦树林。

玉京有妹曰敏，颀而白如玉肪，风情绰约，人见之，如立水晶屏也。亦善画兰鼓琴，对客为鼓一再行，即推琴敛手，面发赪。乞画兰，亦止写筱竹枝、兰草二三朵，不似玉京之纵横枝叶、淋漓墨瀋也。然一以多见长，一以少为贵，各极其妙，识者并珍之。携来吴门，一时争艳，户外屦恒满。乃心厌市嚣，归中进士维久。维久宰相孙，性豪举，好宾客，诗文名海内，海内贤豪多与之游，得敏，益自喜，为闺中良友。亡何，维久病且没，家中替。后嫁一贵官颍川氏，官于闽。闽变起，颍川氏手刃群妾，遂自刭。闻敏亦在积尸中也。或曰三年病死。

范珏，字双玉，静廉，寡所嗜好，一切衣饰、歌管艳靡纷华之物，皆屏弃之。惟阖户焚香瀹茗，相对药炉、经卷而已。性喜画山水，摹仿大痴、顾宝幢，槎枒老树，远山绝涧，笔墨间有天然气韵，妇人中范华原也。

顿文，字少文，琵琶顿老孙女也。性聪慧，略识字义，唐诗皆能上口。授以琵琶，布指护索，然意弗屑，不肯竟学。学鼓琴，雅歌《三叠》，清泠泠然，神与之浃，故又字曰琴心云。琴心生于乱世，顿老赖以存活，不能早脱乐籍，赁屋青溪里，荜门圭窦，风月凄凉。屡为健儿、伧人所厄，最后为李姓者挟持，牵连入狱，虽缘情得保，犹守以牛头阿旁也。客有王生者，挽余居间营救，偕往访之，风鬟雾鬓，憔悴可怜，犹援琴而鼓别凤离鸾之曲，如猿吟鹃啼，不忍闻也。余说内乡许公，属其门生直指使者纵之，后还故居。吴郡王子其长主张燕筑家，与琴心比邻，两相慕悦。王子故轻侠，倾金钱，赈其贫悴。将携归，置别室，突遘奇祸。收者至，见琴心，诧曰："此真祸水也。"悯其非辜，驱之去，独捕王子。王子被戮，琴心逸，后终归匪人。嗟乎！佳人命薄，若琴心者，其尤哉，其尤哉！

沙才，美而艳，丰而逸，骨体皆媚，天生尤物也。善弈棋、吹箫、度曲。长面修容，留仙裙，石华广袖，衣被灿然。后携其妹曰嫩者，游吴郡，卜居半塘，一时名噪，人皆以二赵、二乔目之。惜也才以疮发，剜其半面；嫩归吒利，郁郁死。

马娇，字婉容，姿首清丽，濯濯如春月柳，滟滟如出水芙蓉，真不愧"娇"之一字也。知音识曲，妙合宫商，老伎师推为独步。然终以误堕烟花为恨，思择人而事，不敢以身许人，卒归贵阳杨龙友。龙友名文骢，以诗画擅名，华亭董文敏亟赏之。先是，闽中郭圣仆有二妾，一曰李陀那，一曰珠玉耶。圣仆没，龙友得玉耶，并得其所蓄书画、瓶砚、几杖诸玩好、古器，复拥婉容，终曰摩挲笑语为乐。甲申之变，贵阳马士英册立弘光帝，自为首辅，援引阉儿阮大铖构党煽权，挠乱天下，以致五月出奔，都城百姓焚烧马阮居第。以龙友乡戚有连，亦被烈炬，顷刻灰烬。时龙友巡抚苏、松，尽室以行。玉耶亦殉，婉容莫知所终。龙友父子殉难闽峤，无遗种也。犹存老母，匄归金陵，依家仆以终天年。

婉容有妹曰嫩，亦著名。又有马小嫩者，轻盈飘逸，自命风流。真州盐贾用千金购得，奉溧阳陈公子。公子昵之未久，并奁具赠豫章陈伯玑，生一子一女，如王子敬之有桃根也。

顾喜，一名小喜，性情豪爽，体态丰华，双趺不纤妍，人称为顾大脚，又谓之"肉屏风"。然其迈往不屑之韵，凌霄拔俗之姿，则非篱壁间物也。当之者，似李陵提步卒三千人抵鞮汗山，入狭谷，往往败北生降矣。汉武帝《悼李夫人赋》有云"佳侠含光"，余题四字颜其室，乱后不知从何人以去，或曰归一公侯子弟云。

朱小大，颇著美名，余未之见，然闻其纤妍俏洁，涉猎文艺，粉掐墨痕，纵横缥帙，是李易安之流也。归昭阳李太仆。太仆遇祸，家灭。

王小大，生而韶秀，为人圆滑便捷，善周旋，广筵长席，人劝一觞，皆

青谿九曲

膝席欢受，又工于酒纠、觥录事，无毫发谬误，能为酒客解纷释怨，时人谓之“和气汤”。扬州顾尔迈，字不盈，镇远侯介弟也，挟戚里之富，往来平康。悦小大，贮之河亭，时时召客大饮，效陈孟公、高季武，授女将军酒正印，左右指麾，客皆极饮海滥醉。有醉而逸者，锁门脱履，卧地上，至日中乃醒。时吴桥范文贞公官南大司马，不盈为揖客，出入辕戟，有古任侠风，书画与郑超宗齐名。

张元，清瘦轻佻，临风飘举。齿少长，在少年场中，纤腰踽步，亦自楚楚，人呼之为“张小脚”。

刘元，齿亦不少，而佻达轻盈，目睛闪闪，注射四筵。曾有一过江名士与之同寝，元转面向里帷，不与之接。拍其肩曰：“汝不知我为名士耶？”元转面曰：“名士是何物，值几文钱耶？”相传以为笑。

崔科，后起之秀，目未见前辈典型，然有一种天然韶令之致。科亦顾影自怜，矜其容色，高其声价，不屑一切。卒为一词林所窘辱。

董年，秦淮绝色，与小宛姊妹行，艳冶之名，亦相颉颃。钟山张紫淀作《悼小宛》诗，中一首云：“美人生南国，余见两双成。春与年同艳，花推月主盟。蛾眉无后辈，蝶梦是前生。寂寂皆黄土，香风付管城。”

李香，身躯短小，肤理玉色，慧俊婉转，调笑无双，人名之为“香扇坠”。余有诗赠之云：“生小倾城是李香，怀中婀娜袖中藏。何缘十二巫峰女，梦里偏来见楚王。”武塘魏子中为书于粉壁，贵阳杨龙友写崇兰诡石于左偏，时人称为三绝。由是，香之名盛于南曲，四方才士，争一识面以为荣。

珠市名姬附见

珠市在内桥傍，曲巷逶迤，屋宇湫隘。然其中时有丽人，惜限于地，不敢与旧院颉颃。以余所见，王月诸姬，并着迷香、神鸡之胜，又何羡红红、举举之名乎！恐遂湮没无闻，使媚骨芳魂与草木同腐，故附书于卷尾，以备金陵轶史云。

王月，字微波，母胞生三女：长即月，次节，次满，并有殊色，月尤慧妍，善自修饰，颀身玉立，皓齿明眸，异常妖冶，名动公卿。桐城孙武公昵之，拥致栖霞山下雪洞中，经月不出，于牛女渡河之夕，大集诸姬于方密之侨居水阁，四方贤豪，车骑盈闾巷，梨园子弟，三班骈演，水阁外环列舟航如堵墙。品藻花案，设立层台，以坐状元。二十余人中，考微波第一，登台奏乐，进金屈卮。南曲诸姬皆色沮，渐逸去。天明始罢酒。次日，各赋诗纪其事。余诗所云“月中仙子花中王,第一姮娥第一香”者是也。微波绣之于帨巾不去手,武公益眷恋,欲置为侧室。会有贵阳蔡香君名如蘅,强有力,以三千金啖其父,夺以归,武公悒悒,遂娶葛嫩也。香君后为安庐兵备道,携月赴任,宠专房。崇祯十五年五月,大盗张献忠破庐州府,知府郑履祥死节,香君被擒。搜其家,得月,留营中,宠压一寨。偶以事忤献忠,断其头,蒸置于盘,以享群贼。嗟乎!等死也,月不及嫩矣。悲夫!

王节,有姿色。先归顾不盈,后归王恒之。甘淡泊,怡然自得,虽为姬侍,有荆钗裙布风。妹满,幼小,好戏弄,窈窕轻盈,作娇娃之态。保国公买置后房,与寇白门不合,复还秦淮。

寇湄,字白门。钱虞山诗云:“寇家姊妹总芳菲,十八年来花信迷。今日秦淮恐相值,防他红泪一沾衣。”则寇家多佳丽,白门其一也。白门娟娟静美,跌宕风流,能度曲,善画兰,粗知拈韵,能吟诗,然滑易不能竞学。十八九时,为保国公购之,贮以金屋,如李掌武之谢秋娘也。甲申三月,京师陷。保国公生降,家口没入官。白门以千金予保国赎身,匹马短衣,从一婢南归。归为女侠,筑园亭,结宾客,日与文人骚客相往还,酒酣耳热,或歌或哭,亦自叹美人之迟暮,嗟红豆之飘零也。既从扬州某孝廉,不得志,复还金陵。老矣,犹日与诸少年伍。卧病时,召所欢韩生来,绸缪悲泣,欲留之同寝,韩生以他故辞,执手不忍别。至夜,闻韩生在婢房笑语,奋身起唤婢,自箠数十,咄咄骂韩生负心禽兽行,欲啮其肉。病逾剧,医药罔效,遂以死。蒙叟《金陵杂题》有云:

从残红粉念君恩,女侠谁知寇白门?
黄土盖棺心未死,香丸一缕是芳魂。

下卷 轶事

金陵都会之地,南曲靡丽之乡。纨茵浪子,萧瑟词人,往来游戏。马如游龙,车相接也。其间风月楼台,尊罍丝管,以及娈童狎客,杂伎名优,献媚争妍,络绎奔赴,垂杨影外,片玉壶中,秋笛频吹,春莺乍啭。虽宋广平铁石心肠,不能不为梅花作赋也。

一声《河满》,人何以堪?归见梨涡,谁能遣此!然而流连忘返,醉饱无时,卿卿虽爱卿卿,一误岂容再误。遂尔丧失平生之守,见斥礼法之士,岂非黑风之飘堕、碧海之迷津乎!余之缀葺斯编,虽曰传芳,实为垂戒。王右军云:

“后之览者，亦将有感于斯文也。”

瓜洲萧伯梁，豪华任侠，倾财结客，好游狭斜，久住曲中。投辖轰饮，俾昼作夜，多拥名姬，簪花击鼓为乐。钱虞山诗所云“天公要断烟花种，醉杀瓜洲萧伯梁”者是也。

嘉兴姚壮若，用十二楼船于秦淮，招集四方应试知名之士百有余人，每船邀名妓四人侑酒，梨园一部，灯火笙歌，为一时之盛事。先是，嘉兴沈雨若费千金定花案，江南艳称之。

曲中狎客，则有张卯官笛，张魁官箫，管五官管子，吴章甫弦索，盛仲文打十番鼓，丁继之、张燕筑、沈元甫、王公远、朱维章串戏，柳敬亭说书。或集于二李家，或集于眉楼，每集必费百金，此亦销金之窟也。

张卯尤滑稽婉腻，善伺美人喜怒。一日，偶触李大娘，大娘手捽其头上踪帽，掷之于地。卯徐徐拾取，笑而戴之以去。

张魁，字修我，吴郡人，少美姿首，与徐公子有断袖之好。公子官南都府佐，魁来访之。阍者拒。口出亵语，且诟厉。公子闻而扑之，然卒留之署中，欢好无间。移居桃叶渡口，与旧院为邻。诸名妓家往来相熟，笼中鹦鹉见之，叫曰：“张魁官来！阿弥陀佛！”魁善吹箫、度曲，打马投壶，往往胜其曹耦。每晨朝，即到楼馆，插瓶花，爇炉香，洗岕片，拂拭琴几，位置衣桁，不令主人知也。以此，仆婢皆感之，猫狗亦不厌焉。后魁面生白点风，眉楼客戏榜于门曰：“革出花面蔑片一名张魁，不许复入。”魁惭恨，遍求奇方洒削，得芙蓉露，治之，良已，整衣帽，复至眉楼，曰：“花面定何如！”

乱后还吴，吴中新进少年，搔头弄姿，持箫擫管，以柔曼悦人者，见魁辄揶揄之，肆为诋诃，以此重穷困。龚宗伯奉使粤东，怜而赈之，厚予之金，使往山中贩岕茶，得息颇厚，家稍稍丰矣。然魁性僻，尝自言曰：“我大贱相，茶非惠泉水不可沾唇，饭非四糙冬舂米不可入口，夜非孙春阳家通宵椽烛不可开眼。”钱财到手辄尽，坐此不名一钱，时人共非笑之，弗顾也。年过六十，以贩茶、卖芙蓉露为业。庚寅、辛卯之际，余游吴，寓周氏水阁。魁犹清晨来插瓶花、爇炉香、洗岕片、拂拭琴几、位置衣桁如曩时。酒酣烛跋，说青溪旧事，不觉流涕。丁酉再过金陵，歌台舞榭，化为瓦砾之场，犹于破板桥边，一吹洞箫。矮屋中，一老妪启户出曰：“此张魁官箫声也。”为呜咽久之。又数年，卒以穷死。

岁丙子，金沙张公亮、吕霖生，盐官陈则梁，漳浦刘渔仲，如皋冒辟疆

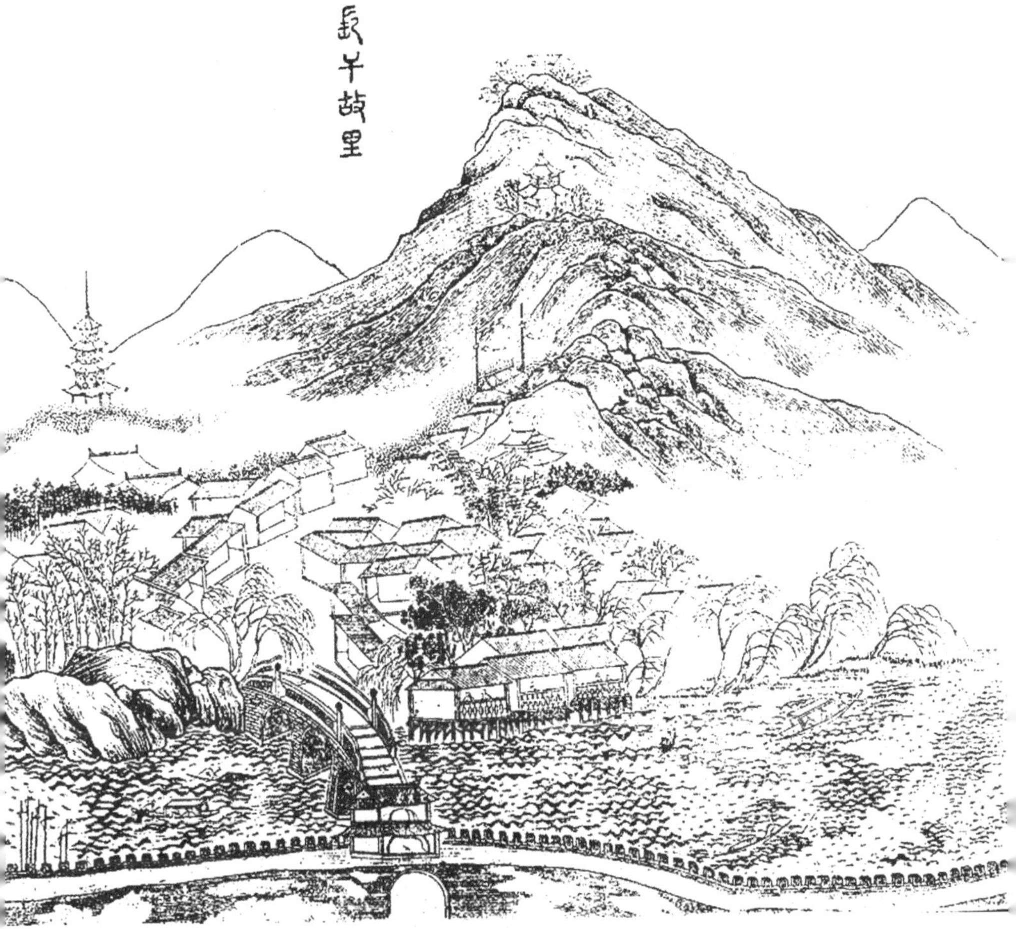
長干故里

盟于眉楼。则梁作盟文甚奇，末云："牲盟不如臂盟，臂盟不如神盟。"

中山公子徐青君，魏国介弟也。家赀巨万，性华侈，自奉甚丰，广蓄姬妾。造园大功坊侧，树石亭台，拟于平泉、金谷。每当夏月，置宴河房，选名妓四五人，邀宾侑酒。木瓜、佛手，堆积如山；茉莉、芝兰，芳香似雪。夜以继日，把酒酣歌，纶巾鹤氅，真神仙中人也。弘光朝加中府都督，前驱班剑，呵导入朝，愈荣显矣。乙酉鼎革，籍没田产，遂无立锥；群姬雨散，一身孑然；与佣、丐为伍，乃至为人代杖。其居第易为兵道衙门。一日，与当刑人约定杖数，计偿若干。受刑时，其数过倍，青君大呼曰："我徐青君也。"兵宪林公骇问左右，左右有哀王孙者，跪而对曰："此魏国公之公子徐青君也，穷苦为人代杖。此堂乃其家厅，不觉伤心呼号耳。"林公怜而释之，慰藉甚至，且曰："君倘有非钦产可清还者，本道当为查给，以终余生。"青君跪谢曰："花园是某自造，非钦产也。"林公唯唯，厚赠遗之，查还其园，卖花石、货柱础以自活。吾观《南史》所记，东昏宫妃卖蜡烛为业。杜少陵诗云："问之不肯道名姓，但道困苦乞为奴。"呜呼，岂虚也哉！岂虚也哉！

同人社集松风阁，雪衣、眉生皆在，饮罢，联骑入城。红妆翠袖，跃马扬鞭，观者塞途。太平景象，恍然心目。

丁继之扮张驴儿娘，张燕筑扮宾头卢，朱维章扮武大郎，皆妙绝一世。丁、张二老亦寿九十余。钱虞山《题三老图诗》末句云："秦淮烟月经游处，华表归来白鹤知。"不胜黄公酒垆之叹。

无锡邹公履游平康，头戴红纱巾，身着纸衣，齿高跟屐，佯狂沉缅，挥斥千黄金不顾。初场毕，击大司马门鼓，送试卷。大合乐于妓家，高声自诵其文，妓皆称快。或时阑入梨园，氍毹上为"参军鹘"也。

柳敬亭，泰州人，本姓曹，避仇流落江湖，休于树下，乃姓柳，善说书，游于金陵，吴桥范司马、桐城何相国引为上客。常往来南曲，与张燕筑、沈公宪俱。张、沈以歌曲、敬亭以谭词，酒酣以往，击节悲吟，倾靡四座，盖优孟、东方曼倩之流也。后入左宁南幕府，出入兵间。宁南已败，又游松江马提督军中，郁郁不得志。年已八十余矣，间过余侨寓宜睡轩中，犹说《秦叔宝见姑娘》也。

莱阳姜如须，游于李十娘家，渔于色，匿不出户。方密之、孙克咸并能屏风上行，漏下三刻，星河皎然，连袂间行，经过赵、李，垂帘闭户，夜人定矣。两君一跃登屋，直至卧房，排闼开张，势如盗贼。如须下床跪称："大王乞命！

毋伤十娘！”两君掷刀大笑，曰：“三郎郎当！三郎郎当！”复呼酒极饮，尽醉而散。盖如须行三。郎当者，畏辞也。如须高才旷代，偶效樊川，略同谢傅，秋风团扇，寄兴扫眉，非沉溺烟花之比。聊记一则，以存流风余韵云尔。

陈则梁，人奇文奇，举体皆奇，尝致书眉楼，劝其早脱风尘，速寻道伴，言词切至。眉生遂择主而事，诚以惊弓之鸟，遽为透网之鳞也。扫眉才子，慧业文人，时节因缘，不得不为延津之合矣。

十七八女郎歌“杨柳岸，晓风残月”，若在曲中，则处处有之，时时有之。予作《忆江南》词有云：“江南好景本无多，只在晓风残月下。”思之只益伤神，见之不堪回首矣。

沈公宪以串戏见长，同时推为第一。王式之中翰、王恒之水部，异曲同工，游戏三昧，江总持、柳耆卿依稀再见，非如吕敬迁、李仙鹤也。

乐户有妻有妾，防闲最严，谨守贞洁，不与人客交言。人客强见之，一揖之外，翻身入帘也。乱后，有旧院大街顾三之妻李三娘者，流落江湖，遂为名妓。忽为匪类所持，暴系吴郡狱中。余与刘海门梦锡兄弟及姚翼侯、张鞠存极力拯之，致书司理李蠖庵，仅而得免。然亦如严幼芳、刘婆惜，备受笞楚决杖矣。三娘长身玉色，倭堕如云，量洪善饮，饮至百觥不醉。时辛丑中秋之际，庭桂盛开，置酒高会，黄兰岩、方邵村及玉峰女士冯静容皆来。居停主人金叔侃，尽倾家酿，分曹角胜，轰饮如雷，如项羽、章邯钜鹿之战，诸侯皆作壁上观。饮至天明，诸君皆大吐，静容亦吐，髻鬟委地，或横卧地上，衣履狼藉。惟三娘醒，然犹不眠，倚桂树也。兰岩贾其余勇，尚与翼侯豁拳，各尽三四大斗而别。嗟乎！俯仰岁月之间，诸君皆埋骨青山，美人亦栖身黄土。河山邈矣，能不悲哉！

李贞丽者，李香之假母，有豪侠气，尝一夜博输千金立尽，与阳羡陈定生善。香年十三，亦侠而慧，从吴人周如松受歌，《玉茗堂四梦》皆能妙其音节，尤工琵琶。与雪苑侯朝宗善，阉人阮大铖，欲纳交于朝宗，香力谏止，不与通。朝宗去后，有故开府田仰以重金邀致香。香辞曰：“妾不敢负侯公子也。”卒不往。盖前此阮大铖恨朝宗，罗致欲杀之，朝宗逃而免；并欲杀定生也，定生大为锦衣冯可宗所辱。

云间才子夏灵胥作《青楼篇》寄武塘钱漱广，末段云：“二十年来事已非，不开画阁锁芳菲。那堪两院无人到，独对三春有燕飞。风弦不动新歌扇，露井横飘旧舞衣。花草朱门空后阁，琵琶青冢恨明妃。独有青楼旧相识，蛾眉

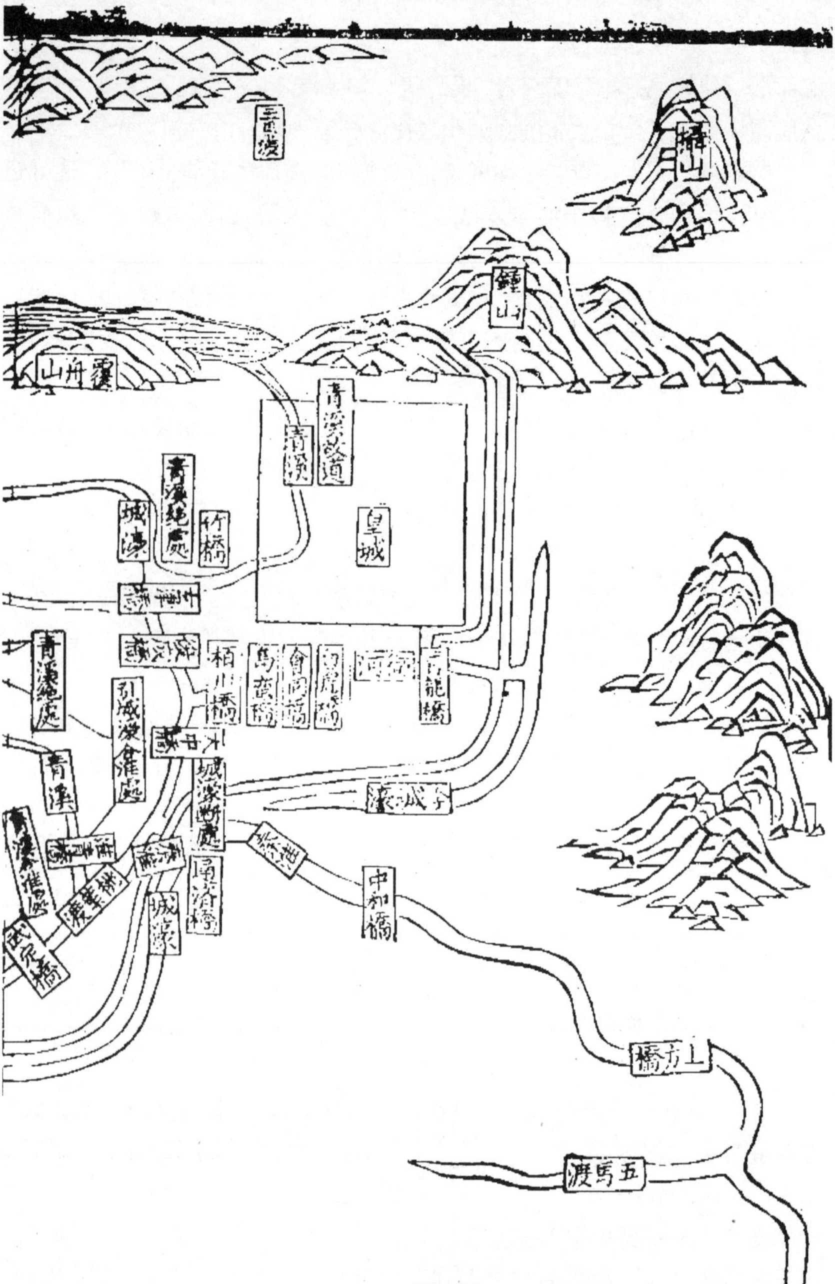

鍾山
覆舟山
青溪
青溪故道
皇城
城濠
青溪絕處
竹橋
栢川橋
青龍橋
引城濠會淮處
城濠斷處
武定橋
中和橋
上方橋
五馬渡
天印山

零落头新白。梦断何年行雨踪，情深一调留云迹。院本伤心正德词，乐府销魂教坊籍。为唱当时《乌夜啼》,青衫泪满江南客。”观此,可以尽曲中之变矣，悲夫!

附录一

宋蕙湘，秦淮女也。兵燹流落，被掳入军。至河南卫辉府城，题绝句四首于壁间，云:“风动江空羯鼓催，降旗飘飐凤城开。将军战死君王系，薄命红颜马上来。”“广陌黄尘暗鬓鸦，北风吹面落铅华。可怜夜月《箜篌引》，几度穹庐伴暮笳。”“春花如绣柳如烟，良夜知心画阁眠。今日相思浑似梦，算来可恨是苍天。”“盈盈十五破瓜初，已作明妃别故庐。谁散千金同孟德，镶黄旗下赎文姝? ”后跋云:“被难而来，野居露宿。即欲效章嘉故事，稍留翰墨，以告君子，不可得也。偶居邸舍，索笔漫题，以冀万一之遇，命薄如此，想亦不可得矣。秦淮难女宋蕙湘和血题于古汲县前潞王城之东。”潞王城，潞藩府第也。

燕顺，淮安妓女也，年十六，知义理，每厌薄青楼，以为不可一日居。甲申三月，凤阳督师马士英标下兵鼓噪而散，突至淮城西门外，马步五六百人，掳掠甚惨。妓女悉被擒，顺独坚执不从，兵以布缚之马上，顺举身自奋，哭詈不止，兵竟刃之。

又山东郯城县之李家庄，旗亭壁间题三绝句，云:“不画双蛾问碧纱，惟从马上拨琵琶。驿亭空有归家梦，惊破啼声是夜笳。”“日日牛车道路赊，遍身尘土向天涯。不因薄命生多恨，青冢啼鹃怨汉家。”“惊传县吏点名频，一一分明汉语真。世上无如男子好，看他髡发也骄人。”末书云:“吴中羁妇赵雪华题。”

凡此数者，皆群芳之萎道旁者也。

附录二 盒子会

沈周作《盒子会辞》。其序云:“南京旧院,有色艺俱优者,或二十、三十姓，结为手帕姊妹。每上元节，以春檠、巧具、殽核相赛，名‘盒子会’。凡得奇品为胜，输者罚酒酌胜者，中有所私，亦来挟金助会，厌厌夜饮，弥月而止。席间设灯张乐，各出其技能，赋此以识京城乐事也。”辞云:

平乐灯宵闹如沸，灯火烘春笑声内。

盒奁来往斗芳邻，手帕绸缪通姊妹。
东家西家百络盛，装殺饤核春满檠。
豹胎间挟鳇冰脆，乌榄分搀椰玉生。
不论多同较奇有，品里输无例陪酒。
呈丝逞竹会心欢，裒钞裨金走情友。
哄堂一月自春风，酒香人语百花中。
一般桃李三千户，亦有愁人隔墙住。

后跋

狭邪之游，君子所戒。然谢安石东山携妓，白香山眷恋温柔，一则称江左风流，一则称广大教主。因偶适其性情，亦何害为君子哉！唐有处士李戡者，痛恶元白诗，谓其纤艳不逞，淫言媟语，入人肌骨，不可除去。秀铁面亦诃黄鲁直作为绮诗，当堕泥犁地狱。余之编斯记也，将毋为李处士所垢，秀铁面所诃乎？然管仲相桓公，置女闾七百，征其夜合之资以富国。则始作者，其惟管仲乎？孟子之卑管晏，有以哉！有以哉！吴兴太守吴园次《吊董少君诗》序，有云："当时才子，竞着黄衫；合世清流，为牵红绣。玉台重下，温郎信是可人；金屋偕归，汧国遂成佳妇。"时钱虞山作于节度，刘渔仲为古押衙，故云云尔。辟疆老矣，一觉扬州，岂其梦耶？余甲申以前，诗文尽皆焚弃。中有赠答名妓篇语甚多，亦如前尘昔梦，不复记忆。但抽毫点注，我心写兮，亦泗水潜夫，记武林旧事之意也。知我罪我，余乌不足以知之。

桃渡臨流

附：续板桥杂记

缘 起

余曩时读曼翁《板桥杂记》,留连神往,惜不获睹前辈风流。迨闻丙申以来，繁华似昔，则梦想白门柳色，又历有年所矣。庚子夏五，枞阳观察招赴金陵，曾于公余遍览秦淮之胜。旋以居停罢官，束装归里，计为牛安杜书记者，无多日也。辛丑春，重来白下，闲居三月，时与二三知己，选胜征歌，兴复不浅。嗣余就聘崇川，三年羁迹，青溪一曲，邈若山河。今秋于役省垣，侨居王氏水阁者十日，赤栏桥畔，回首旧欢，无复存者。惟云阳校书，犹共晨夕。因思当日，不乏素心，曾几何时，风流云散。安知目前之依依聚首者，不一二年间，行又蓬飘梗泛乎？爰于回棹余闲，抚今追昔，续成是记。亦类分雅游、丽品、轶事三卷。非敢效颦曼翁，聊使师师、简简之名，得偕江水以俱长尔。至于闻见无多，记叙谫陋，续貂之病，阅者原之。

时甲辰中秋望后二日苕南珠泉居士书于雉皋舟次。

上卷 雅游

秦淮古佳丽地,自六朝以来,青溪笛步间,类多韵事。洎乎前明,轻烟澹粉，灯火楼台，号称极盛。迨申酉之交，一片欢场，化为瓦砾。每览《板桥前记》，美人黄土,名士青山,良可慨已！乃承平既久,风月撩人,十数年来,裙屐笙歌，依然繁艳。讵江左流风，于今未艾，抑山温水软，良由地气使然欤？

前明河房，为文人宴游之所，妓家则鳞次，旧院在钞库街南，与贡院隔河遥对。今自利涉桥至武定桥，两岸河房，丽姝栉比，俗称本地者曰本帮，来自姑苏者曰苏帮，来自维扬者曰扬帮。虽其中妍媸各别，而芬芳罗绮，燎亮笙歌，皆足使裙屐少年迷魂荡志也。

自利涉桥以东，为钓鱼巷，迤逦至水关，临河一带，亦丽者所居。地稍静僻，每有名姬，心厌尘市，择此居之。然自夏初水长以迄秋中，游艇往来，亦复络绎不绝。由文德桥而西，为武定桥，迤西至新桥，亦有河楼。地处西偏，游踪暂至，故卜居者少。至白塔巷、王府塘诸处，室宇湫隘，类皆卑屑所居，不敢与水榭颉颃。闻亦间有丽人，余则未之见也。

贡院与学宫毗连，院墙外为街，街以南皆河房，每值宾兴之岁，多士云集。豪华者挟重赀、择丽姝侨寓焉。寒素之士,时亦挈伴闲游,寻莲访藕,好风引梦,仙路迷人。求其独清独醒，殆什无二三也。

秦淮河凿自祖龙，水由方山来，西流沿石城，达于江。当春夏之交，潮汐盛至，十里盈盈，足恣游赏。迨秋季水落，舟楫不通，故泛舟者始于初夏，讫于仲秋。当夫序届天中，日逢竹醉，（五月十三日，倾城出游，较端午尤盛）游船数百，震荡波心，清曲南词，十番锣鼓，腾腾如沸，各奏尔能。薄暮须臾，烛龙炫耀，帘幕毕钩，倩妆倚栏，声光乱乱。虽无昔日灯船之盛，而良辰美景，乐事赏心，洵升平气象也。

秦淮河船，上用篷厂，悬以角灯，下设回栏，中施几榻，盘盂尊罍，色色皆精。船左右不设窗寮，以便眺望。每当放船落日，双桨平分，扑鼻风荷，沁心雪藕。聆清歌之一曲，望彼美兮盈盈。真乃缥缈欲仙，尘襟胥涤矣。

青溪一曲，销夏最宜。而游目骋怀，春秋亦多佳日。至于冬令，朔风如刀，招招者绝迹矣。然促坐围炉，浅斟低唱，作消寒会，正不减罗浮梦中。

茶寮酒肆，东则桃叶渡口，西至武定桥头，张幕挑帘，食物具备。而诸名姬又家有厨娘，水陆珍奇，充盈庖室，仓猝客来，咄嗟立办。燕饮之便，莫过于斯。

院中虽各分门户，而去此适彼，转徙无常，是以姊妹行亦随时更易。间有亲生子女，一门团聚者，大概土著居多。若乃买雏教歌，认为己女，高其声价，待客梳栊。爱俏者其名，爱钞者其实。尝有一女而上头数次者，伧父大贾，无难欺以其方，使彼悭囊顿破也。

河亭设宴，向止小童歌唱，佐以弦索笙箫。年来教习女优，凡十岁以上，十五以下，声容并美者，派以生旦，各擅所长，妆束登场，神移四座，缠头之费，十倍梨园。至于名妓仙娃，亦各娴法曲，非知音密席，不肯轻哢歌喉。若《寄生草》《剪靛花》，淫靡之音，乃倚门献笑者歌之，名姬不屑也。

日初过午，卖花声便盈街市，茉莉珠兰，提篮挈榼，不异曼翁前记所云。近更缀以铜丝，幻成鱼篮飞鸟，可以悬诸帐中，比及昏黄，则雪花齐放矣。酒醒梦回，芳馨横溢，和以气肌芗泽，如游众香国中。

院中衣裳妆束，以苏为式，而彩裾广袖，兼效维扬，惟睡鞋用之者少。余见河房诸姬，咸以素帛制为小袜，似膝裤而有底，上以锦带系之，能使双缠不露，且竟夕不松脱也。其履地用方头鞋，如童子履而无后跟，即古靸鞋遗制，灯影下曳之以行，亦复彳亍有致。至于抹胸，俗称肚兜，夏纱冬绉，贮以麝屑，缘以锦缏，乍解罗襟，便闻香泽，雪肤绛袜，交映有情，此尤服之妖者。

中卷　丽品

秦淮名姝，首推二汤。二汤者，本郡人，以九、十行称，孪生姊妹也。态度则杨柳晚风，容华若芙蕖晓日。并翠眉而玉颊，各卢瞳而赪唇。乍见者如一对璧人，无分伯仲。注目凝睇，觉九姬靥辅微圆，左手背有黑痣一小点，可识别也。早堕风尘，从良未遂，阖户数十指，惟赖二姬作生涯，虽车马盈门，不乏贵游投赠，而缠头到手辄尽。居新桥之牛市，临流数椽，湫隘已甚。余曾于辛丑夏初邂逅一晤，今秋往访，适为势家招去侑觞，不复谋面。闻之桐城孙楚侬云，二姬穷愁日甚，虽年才二纪，而消瘦容光，较初破瓜时，已十减六七矣。然三分丰韵，尚堪领袖秦淮也。嗟乎！人美如玉，命薄于云，如二姬者，殆以奇姿遭造物之妒欤？楚侬又语余云，桐邑杨米人曾为二姬作《双珠记》传奇，情文并茂。惜尚秘之枕函，余未得而读之。

朱大，苏州人。身体弱小，人戏以朱骨称之，盖细骨轻躯，践尘无迹，倘无回风，当挽留仙之裾也。鬓发如云，明眸似水，骤与之遇，神光陆离。在侪辈中，齿稍长矣，而风度高雅，无折腰龋齿习气，故文士乐与之游。随园主人，过江耆宿也。遂初既赋，寄兴扫眉，雅与姬善，苍髯红粉，尝相对于银灯绿酒之间。余于庚辛两度抵宁，时一过从，瀹茗清谈，目为艳友。惜近以病废，退居僻巷中，生计萧然，无复过而问者。芙蓉绿水秋将老，鹦鹉金笼语可怜。旧日繁华，不堪回首矣。姬有女年方十岁，教以歌曲，不肯发声，自言愿归里门，织布为业。余闻之叹曰："此大知识之女也！宜成其志。"姬亦以余言为然。

徐二，江阴之青阳镇人，本姓张，乳名银儿。年十七，适同里徐权，田舍郎不解温存，大有骏马驮痴之戚。权又性耽逸乐，不愿力田，惑于匪人，夫妻偕赴吴门，转徙秦淮，作脂粉生活。性情豪迈，不屑效倚门倡，与人较钱帛，非心之所好，即诱以多金，弗顾也。余游金陵，首与姬晤，雪肤花貌，丰若有余，而裙底弓弯，却又瘦不盈握。赠以诗，有"一泓秋水双钩月，洗尽秦淮烂漫春"之句，见者谓非虚誉。先是姬赁居洞神宫前马妪家，斗室两间，殊苦窄陋，且为伧父所侮，不安厥居。余倾囊佽助，并纠同志为卜居于城北细柳巷中。此庚子七月间事也。明年春，余再抵白门，姬又迁上邑之娃娃桥。嗣余就馆崇川，闻为无良速讼，移家维扬。壬寅仲冬，便道过访，虽座上客满，不异曩时，而风雨飘摇，渐觉朱颜非昔矣。逮今秋载造其庐，则已举家赴淮，托言索逋，实乃生计萧索，意欲别拣枝栖。闻其濒行，犹倩人至周稼轩幕中，询余近状，盖赋情特甚焉。为诵家梅村诗云：“青山憔悴卿怜我，红粉飘零我忆卿。”殊觉今昔同情，不胜慨叹。姬幼工技击，不轻示人，余曾乘其薄醉，强一试之，矫若猿飞，疾同鸟落，腾跃半炊许，观者咸目眩神惊，姬一笑敛身，依然寻常旖旎也。姬在娃娃桥时，有本郡人张二寄居姬家，铅华不御，横波流光，雅有娇憨之态。惜翻云覆雨，爱憎无常，逐水桃花，未免稍轻薄耳。

王秀瑛，小名爱儿，父母皆苏州人，生于金陵，遂家焉。适伶人张七，以母命，非本志也。姿首清妍，举止闲雅，不乐与姊妹行为伍。所居钞库街之西，闺阁幽深，翛然绝俗。有伧父某，以白金四十啖其母，谋一夕欢，不可得。惟二三知己，相对永夕，杯茗清谈，鲜及于乱。遇缓急，倾赀相助，不望报也。其性情矜尚如此。余友周子稼轩、孙子楚侬皆与善，尝语余云：“姬非五鼓不眠，非日中不起，早饭晌午，晚膳三更，习以为常，不能改也。自奉甚薄，宴客必丰。盛服盈笥，弗以被体。能鼓琴，善南北曲，非兴会所至，虽素心人，不克强之发声。”是盖青楼中最有品者，然终以不得其所，郁郁多病，楚侬赋诗云：“我本飘萍卿断梗，白门同是月残时。”姬为涕泣久之。有妹曰二姑，沉静寡言笑，高自位置，亦大有姊风。

董三，苏州人。肌肤不甚白，而天然韶令，虽粗服乱头，自有一顾倾城之致。余戏以墨牡丹名之。惜遇人不淑，孽海飘零，所得缠头，尽偿博债，眉黛间常有恨色。同居二人，长曰董大，眼光如醉，次曰董二，姿亦白皙。然以视三姬之风韵嫣然，不觉瞠乎后矣。

张玉秀，行大，苏州人，随其母寄籍江宁。眉目轩爽，举止大方，巾帼具须眉之气。少时楚省吴公子见而倾倒，出数百金梳之，为欢匝月。公子就官浙东，未半载，卒于署，仆从云散，宦橐萧然，旅榇不得归里。姬闻之，立出箧中赀，遣人赴浙，扶柩西旋，舟过江关，素服哭临，呼号欲绝，遂于江口招提，广集缁流，礼忏三昼夜，尽倾箱笼长物，命其家人伴送至楚，为之营葬而返。以此侠妓之声振一时。辛丑岁，狎客朱元官为余道其事甚悉。余尝一再询之，泪眦荧荧，隐有母也天只之恨。别时许作一传，荏苒三载，未暇践言，今秋过访，已于六月间从良矣。问之邻姬，言有同邑名士邹生，年甫三旬，弦断未续，偶与姬晤，姬知其高世才也，赠以所蓄缠头，易金奉母，飘然长往。兹闻倡随相得，笔耕针耨，称嘉耦焉。吁，异哉！姬之所为，殆有大过人之才识，而济以豪侠果断者，不图于青楼中得之。余既深嘉其志，且喜其得所归也，为之缀序其事，以偿夙诺云尔。闻姬善昆曲，有崩云裂石之音，惜未及聆之。其继妹曰张二，弱质纤妍，亦娴词曲。姬有义女名双福，年才十一，白皙聪俊，与姊凤儿并工戏剧。余于王氏水阁观演《寻亲记·跌包》一出，声情并茂，不亚梨园能手。凤儿年十三，亦姬义女，自姬从良后，其母尚赖三人作生计焉。

郭三，名心儿，丹阳人。父早亡，及笄之岁，母惑媒氏言，误字维扬郭某。成婚未几，竟以诱胁堕入风尘。年十九，移家金陵之桃叶渡，妖冶倾一时。向来秦淮诸姬，以苏帮为文，扬帮为武，姬虽产于云阳，而来自邗江，遂为维扬诸姬之冠，都人士戏以武状元目之。其所交好，皆达官贵人，及文士负盛名者，赶热郎未易得观颜色。余曾于辛夏邂逅河亭，颀而婉，丰而逸，素肌纤趾，温乎如莹。于今三年，姬齿二十有六，而盈门车马，不减当初。余友季子影生甚与善，尝为余言，姬赋性豪爽，重意气，善知人，无门户习。至于媚骨天生，更不待择新采异也。赠以短句四章，有云："醉闻娇喘声犹媚，暖熨丰肌汗亦香。漫道司空浑见惯，温柔只合唤仙乡。"皖桐光潄六孝廉闻而击节，以诗寄余，有"传来好句惟卿两，解识芳心共我三"之句。时孝廉在上洋戟署也。姬有义女曰小姑，扬州人，忘其姓。年才十七，长眉掩鬓，笑靥承颧，韠袖曳裾，风流秀曼，亦后起之隽也。

王四，本郡人。兰姿玉质，秀韵天成，性喜清幽，虽在风尘，常深自秘匿，不甚见客。所居月波水树，绮窗锦幕，不染纤埃，几榻尊彝，位置俱极楚楚，入其室者，如别一洞天，几忘门以外之甚嚣尘上也。

施四，苏州人。窈窕秀弱，眉目含情，唇一点小于桃英，趾双翘瘦于莲瓣。年虽稍长，调笑无双，殆《疑雨集》所咏"丰容工泥夜，情味胜雏年"者也。松陵某尹昵宠之，携居胥江别馆，欲置为侧室不果，三载后复归秦淮。

徐九，扬州人。早负盛名，惜余未之见。孙楚依赠以词云："帘前记执纤纤手，堂中细酌盈盈酒。语软情温，惆怅巫山一段云。背人特地留侬住，惊风又拂衣衫去。无闷无愁，万唤千呼不转头。"又云："惊春正滞邗江棹，悲秋始返金陵道。此日相逢，疑是飞琼下碧空。茜裙半掩榴花饰，云鬟低亚胭脂赤。相对多情，只少些儿画不成。"近闻已归吴江某明府公子为侧室，甚有宠云。

唐小，本郡人，住槽坊巷。年方及笄，品貌双绝，绮阁深藏，俗子未易谋面。善歌能饮，解诵风诗，每一掉文，如匡说解颐，不数郑家婢泥中之对也。其大妇曰严三，齿长于姬，而姱容修态，堪与颉颃，亦缘位置自高，羞与曲中人伍，人罕见之。

谢玉，字楚楚，本郡人。年十六，肌理玉雪，秀慧绝伦，与其母居钓鱼巷中。善南北曲，娇喉一啭，飞鸟遏音。母珍同掌珠，欲得佳子弟字之，玉亦自矜声价，不屑作寻香人，虽给侍宴游，犹虚屏山之梦也。

赵小，字静芳，江阴人。中人姿耳，有纨绔子弟昵之，一时献谀者，思博主人欢，遂有文状元之号。余观其为人，沉默寡言，无轻佻气习，要亦善自修饰，不随俗波靡者。

许寿子，本郡人。年逾二纪，举止风韵，俨如闺阁中人。有张生某夙与善，生以笔耕为业，而未有室家，岁入悉以遗姬，如是者有年。既而生以旅邸久居，饔飧不继，姬闻而招致之，终岁日用，皆取给于姬，衣履亦姬亲制。继复为宛转营谋，得膺某邑侯之聘，馆谷丰美。濒行时，姬置酒祖饯，生恋恋不忍别。姬于酒半，忽抗声谓生曰："青楼中那有情好，所绸缪者钱耳。君留恋烟花，罔思自立，浪游数载，如梦如泡。今年已三旬，一误岂容再误！自兹以往，君当绝迹狭邪，亟图嘉耦，妾不能终事君，亦不愿继见君，此间君勿复来，亦无复以妾为念也。"言已唏嘘，泣下如雨，生大感恸，即振策去。嗣闻就馆三年，积赀颇厚，且娶妻生子，不负姬别时所嘱云。先是有润城某公子慕姬名，策骑过访，适姬所赁屋，为主者别售，迫令徙居，某立出千金，购以赠姬，至今青溪艳称之。

徐二宝，本郡人，居钓鱼巷之上街。其夫为梨园领袖，姬于侪偶中年最长，余相识时，已不作脂粉生涯。然素服淡妆，自然幽雅，徐娘虽老，尚有风情也。皖桐光漱六孝廉夙与之善。有无锡秦姬者，与姬有葭莩亲，向居丁字帘前，庚子秋复自梁溪来，寄居姬家者匝月。余因徐姬得识秦姬，虽齿加长矣，而纤腰踽步，婉媚愁人，亦此中翘楚也。

徐寿姐，杭州人，适维扬徐某，侨寓秦淮。年已二纪，隽逸风流，妙解音律，同居数姬，竞善度曲。余尝避暑河亭，寿率诸姬柳阴列坐，丝肉竞发，云委尘飞，静聆移时，宛在清虚府也。

马四，苏州人。身躯弱小，明眸善睐，肤如凝脂，殆江淹赋所云"气柔色靡"者。惟双趺不甚纤妍。常靸小方鞋（俗名拖鞋），作忙促装，掩其微疵。

王二，苏州人，早堕风尘，由琴川转徙金陵。余于庚夏相晤于熊氏河房。

容貌亦自娟妍，第苦贫乏不能自存，赠以赀，且为之誉，得渐生色。及辛岁抵宁，则被服丽都，座客常满矣。绨袍虽在，已无恋恋故人之色。余笑而诘之，姬面发赪，一座粲然。姬有妹曰凤姐，年方十龄，致亦楚楚，教之歌曲，发响清越，妙合自然，洵美材也。

汤四、汤五，扬州人。姿首皆明艳，而四姬尤柔曼丰盈，余尝戏之曰："子好食言而肥欤？"姬不解，误以言为盐（吴音言盐相似），率尔对曰："吾素不嗜盐。"闻者绝倒。

陈小，江北人。向居王府塘董二家，后徙潘家河房。年及破瓜，眉目疏朗，靥辅间数点微麻，天然媚丽。余同乡邵子峨堂与之善，语余云："姬姿致亦扰人耳，所绝胜者，一痕酥透，双蕾含春，触手温柔，不待斜照银灯，惊夸瑞雪也。"董二，本郡董秃子女，年十五六，亦有微麻，白皙瑰逸，王府塘之魁首也。

金二，本姓丁，苏州人，居钓鱼巷，艳名颇著，余于庚夏曾一遇之。明眉慧眼，纤趺柔腰，几欲倾其流辈。惜两颧微高，婉容稍减。有某公子者，甚与善，珠玉锦绣，稠叠赠遗，尝于一月中，费金千计。两情胶漆，引喻山河，秋以为期，丝萝永托。闻者咸谓金姬能博公子欢庆，将来得所归。公子亦喜得阿娇，拟以金屋贮之。一日公子启扉而入，阒其无人，询之邻媪，则姬于前夕尽室以行，不知所往。公子疑信参半，书空咄咄，侦骑四出，踪绪杳然，悲愤填膺，一病几殆。噫！青楼薄幸如金姬者，其尤哉！

高四，太仓州人，居东水关。颀身玉立，情致娇憨，皖桐家萼秋一见倾倒。或云姬向与某丞善，丞乃富于赀而蠢俗不韵者。萼秋力辩其诬，谓俊慧如姬，必能择人。赠以诗，有云："文君自解怜司马，碧玉何曾嫁汝南！"可谓有情痴矣。乃萼秋绝怜爱之；姬殊落落，尽倾橐中金，聚首无多日，卒以不欢而散。迨次年秋，萼秋领乡荐，鹿鸣宴罢，缓辔过之，姬惭沮闭户以疾辞，竟不出见。

周四，又称梁四，苏州人。年逾三十，风韵犹存，善弹琵琶，名著青溪桃叶间。有两女曰大官、二官，貌不甚美，而演剧颇佳，十余龄耳，已识曲中三昧。同时小女伶有周玲，乳名姐官，字瑟瑟，苏州人；方全，后改名璇，字姗来，江阴人；吴双福，张大义女；汪银儿、胡四喜、秦巧姐等（皆苏州人），并工院本。而周玲实创厥始，四喜独冠其曹。鉴湖邵子升岩尝语余云："周玲之《寻梦》《题曲》，四喜之《拾画》《叫画》，含态腾芳，传神阿堵，能使观者感心嫮目，回肠荡气，虽老伎师，自叹弗如也。"

下卷　轶事

闻之金陵父老云，秦淮河房，向虽妓者所居，屈指不过几家，开宴延宾，亦不恒有。自十余年来，户户皆花，家家是玉，冶游遂无虚日。丙申丁酉，夏间尤甚，由南门桥迄东水关，灯火游船，衔尾蟠旋，不睹寸澜，河亭上下，照耀如昼。诸名姬家广筵长席，日午至丙夜，座客常满，樽酒不空。大约一日之间，千金糜费，真风流之薮泽，烟月之作坊也。余游金陵，在庚辛之交，已不及见尔日繁华。名姝如朱素贞、刘大子辈，皆如石氏翾风，退为房老矣。而风月平康，今犹视昔，至五月初五、十三两日，游船之盛，正不减曩时也。

珠市地近内桥，已为市阛，旧院则废圃数十亩而已。中山东花园，仅存其名，故址不可复睹。回光、鹫峰两寺，亦金碧剥落，香火阒如。至长板桥，尤泯没无迹，询之故老，漫指旷野中石桥以应，无从辨其是非。因诵“西风残照”、“杨柳弯腰”之曲，觉当时尚有秋水一泓，兹则尽成平陆，亦劫尘之小变也夫。

明初于聚宝、石城、西关诸处，建轻烟、澹粉、梅妍、柳翠等十四楼，以聚四方宾客。凡缙绅宴集，皆用官妓，与唐宋不异，晏振之《金陵元夕》诗所云“花月春风十四楼”也。今诸楼皆废，遗址无存，长干里一带室庐，亦尽成廛市。鸳湖朱竹垞先生《秦淮舟中》诗云：“闻道秦淮乐未阑，小长干接大长干。桃根桃叶无消息，肠断东风日暮寒。”吾湖东林陈兰谷先生亦有诗云：“轻烟澹粉乱栖鸦，重过城南旧狭邪。不为东风赊美酒，怪渠吹尽六朝花。”

沉香街即钞库街，在贡院对河。相传嘉兴项子京焚所制沉香床，香经四五日不散，因以名街。余谓章台中原少情种，然千金买笑，期月便忘，絮薄花浮，毋乃太甚！快哉项生，酒半抗声，裂衣捶床，一吐胸头恶气，足令此辈愧生颜变矣。乃街之名由此而传，则又妓之不幸，而街之深幸也夫。

桃叶渡，在青溪曲处，渡头坊表，金碧焕如，每当夕照西沉，酒舫喧阗，与竞渡声相间。对岸为御河房，相传前明威武南巡，曾经驻跸。水榭外垂柳千丝，拖烟漾月，暑窗徙倚，清风徐来，不待帷展紫绡，始消尘燠也。

丁字帘前，厥名旧矣，今利涉桥之西，水榭三间，最为轩翥，玉箸篆额，尚悬楣间，纵非当日故居，当亦相去不远。《桃花扇》传奇云：“桃根桃叶无人问，丁字帘前是断桥。”可证也。

秦淮游舫，不施窗幕，彼姝鲜乘舟者，竞渡则有楼船。进自水西门，净几纱窗，拂拭楚楚，名姬三五，载酒嬉游，帘影衣香，随风摇曳。余于辛丑夏五，犹及见之，嗣以当事者禁之而止。

端午龙舟，倾城游赏，极一时之盛矣。中元节为盂兰集福会，诸名姬家皆礼忏设斋，虔修佛事，好事者则于河流施放水灯，随波荧荧，颇堪寓目。至中秋前后夕，垒几为台，陈设香果，喧阗鼓吹，宴乐连宵，或踏月游嬉，逢桥打瓦，亦欢场韵事也。河亭徙倚，以永朝夕，不须倚翠偎红，自可嬉怡忘倦。余于今秋，寓居王氏水榭，每晨起，盥栉初毕，即闻邻女教歌之声，风外悠扬，使人意远。至日亭午，游艇如梭，呈丝逞竹。入夜则灯光焕发，爆竹喧豗，间偕云阳校书掀帘凭眺，爇香啜茗，娓娓清言，几忘凉月之西沉也。

市井方言，名姬不屑道，间有一二语，在章台间习闻之，如“这也不该提，那也不必了”是也。年来忽尚一“少”字，每询以事之隐讳者，辄矢口而答曰“少”。余尝戏作集句曰：“这也不该提，那也不必了。白皙谁家郎，魂断一声少。”

“受郎珍惜只侬知，难忘霞侵月满时。最是将归犹未忍，阿娘传语怪来迟。”此《疑雨集》中王次回赠左卿诗也。庚子八月十日，余在江阴徐校书家，亦尝窃取其词以记事云：“受侬珍惜感侬痴，最是霞侵月满时。虚说并头莲子好，个中苦薏只卿知。”

同乡沈子洁夫语余云：“长洲詹孝廉湘亭，于今春应试白门，昵梁四养女磬儿，有扇底新诗六十首志其事。其友王铁夫赋《志梦诗》五十章和焉。磬故吴人，谋归吴以事詹，志未谐而卒。詹哀之，以三百金市其柩，归葬于虎阜再来亭之西隅。祁昌司铎沈萁渔为谱《千金笑》传奇，付乐部。”詹王两君诗册，暨萁渔传奇，洁夫皆亲见之。能诵其略，惜余后至，未获一睹为憾。洁夫又云：“同时有赵药老，与磬女弟荷儿狎，荷以马湘兰小影赠之，亦韵人也。兹已从良矣。”吁！青溪不少名姝，何四条弦家独多佳话耶？

有卖花马妪者，苏州人，住洞神宫前黑廊下。年四十余而寡，日于河房中送花为业。子媳二人，并工手艺。所居前空屋两楹，尝供客馆。邻寓有陈生某，家本越中，浮踪白下。值岁除日，主人以生夙逋无偿，迫令他徙。生请以五日为期，意将迁延卒岁。而主人不可，发声征色，势且难缓须臾。生负气出门，进退无所，踯躅于利涉桥上，将为抱石之谋。适妪自桥南送花归来，见生倚栏孑立，神气颓丧，迥异平时，疑而诘问，生若罔闻，屡叩之，答以无他，词色间转似憎妪饶舌者。妪益骇惑，强揽其袪以归，研询多时，始得其实。妪喟然曰："子误矣！以子之貌，当亦非久困者，何识短智浅，遽不欲生？妾虽贫，犹能为力，所负邻寓房膳若干金，即当代为措偿。今夕请子移寓妾居，度此残岁。来年俟有机缘，再图他适可也。"言已，便诣邻居，告以故，携取行李而返。生感其情，即为栖止。迨次年，生汲引乏人，仍无安砚之所，起居服食，皆仰给于妪。妪积久无倦容，亦无德色，偶有嘉肴名菓，必先奉生，子及媳咸服事唯谨。嗣值生妻物故，子以觅父来宁，妪知生无以为家，复百计张罗，为其子纳妇，即于邻左赁屋以居。生父子适馆攸宁，几忘旅人之困焉。后阅年余，生始就邗江一巡司幕席，挈之偕往，无多岁入，仅给饔飧，淮阴一饭之酬，尚将俟诸异日也。同时又有潘妪者，亦苏州人。有子三人，咸习梨园。伯仲并居河房，在文德桥之西。季子则家于白塔巷中，相距里许。妪往来两地，日以为常。桥北有八角碑亭，乃去来必经之路。某岁除夕，妪自河榭归家，出门甫数武，见有儒衣冠者，投缳于亭角，疾呼家人解救获苏，时已昏暮，舁归河亭。询其姓氏里居，则张生名某，籍隶浙西，亦缘赋闲多时，侨寓寿圣庵中，负西客百余金，岁暮莫偿，而客坐索不去，生不得已，谬以告贷他出，至此无之，遂自经焉。妪闻之笑曰："原来不过百余金负欠耳。龌龊守钱奴，何逼人太甚耶！"立倾箧出金如数，付偿西客，且送生归寓，劝慰良殷。改岁后复不时馈遗。已而生将就馆西江，依依惜别，妪誓不望报，敦促启行。迄今二十余年，音问不绝，如亲串焉。二事皆得之云间袁子继香所述。余于二妪犹及见之，一卖花，一豢妓，曾不若寻常婆子耳。而济困扶危，各具一副侠肠，大为穷途生色，孰谓若辈中无人物耶？爰采入轶事以传之，且以风彼须眉，钻研钱孔，曾二妪之不若者。

秦淮杂诗，自渔洋山人后，作者如林，美不胜录。近时吾郡徐溥雨亭先生，著有《竹枝》十首，质而弗俚，逸而不纤，亦足以征前代之流风，志一时之韵事也。词云：

何处春光景倍佳，烟花十里旧秦淮。
豪家日费千金赏，博得青楼一凤鞋。

红妆结队斗铅华，高髻盘云堕鬟鸦。
相与踏青联袂去，旧王府里看桃花。

彩鹢飞凫取次过，游船如织疾于梭。

翠眉不许人窥见，水榭帘遮艳影多。

绣罢鸳鸯戏彩球，腰肢无力任勾留。
生来少小风流惯，只解嬉春不解愁。

荼蘼开罢绽红榴，底事秦淮作胜游？
两岸河房添好景，石栏杆外竞龙舟。

丁字帘前柳数行，晚凉浴罢换新妆。
娇喉齐唱桃花扇，谁似当年郑妥娘？

梨园乐部夜相邀，活现风情未易描。
留得怀宁余曲在，春灯燕子谱笙箫。

不爱后湖十顷莲，偏爱访妓莫愁边。
游人尽道城南好，万柳庄前系酒船。

水调伊梁动客愁，渡头桃叶尚名楼。
画船入夜笙歌沸，笑指星河看女牛。

云鬓风鬟插紫兰，香罗细葛怯轻寒。
中秋踏月娇痴甚，惯会逢桥打瓦磐。

相传雨亭在金陵为人司织局，每吟诗与机声相和。所镌《客游草》中，又有《秦淮即事》诗云：

漫拟琼枝话六朝，轻烟澹粉已沉销。
蝶香人去遗歌扇，桃叶春归冷洞箫。
别院空传莺语滑，落花犹衬马蹄骄。
长堤剩有多情柳，依旧丝丝绾画桡。

清丽芊绵，不亚新城绮制也。

幽梦影

序　一

余穷经读史之余，好览稗官小说，自唐以来不下数百种。不但可以备考遗志，亦可以增长意识。如游名山大川者，必探断崖绝壑；玩乔松古柏者，必采秀草幽花。使耳目一新，襟情怡宕。此非头巾褦襶、章句腐儒之所知也。

故余于咏诗撰文之暇，笔录古轶事、今新闻，自少至老，杂著数十种。如《说史》《说诗》《党鉴》《盈鉴》《东山谈苑》《汗青余语》《砚林》《不妄语述》《茶史补》《四莲花斋杂录》《曼翁漫录》《禅林漫录》《读史浮白集》《古今书字辨讹》《秋雪丛谈》《金陵野抄》之类，虽未雕版问世，而友人借抄几遍东南诸郡，直可傲子云而睨君山矣！

天都张仲子心斋，家积缥缃，胸罗星宿，笔花缭绕，墨瀋淋漓。其所著述，与余旗鼓相当，争奇斗富，如孙伯符与太史子义相遇于神亭，又如石崇、王恺击碎珊瑚时也。其《幽梦影》一书，尤多格言妙论。言人之所不能言，道人之所未经道。展味低徊，似餐帝浆沆瀣，听钧天之广乐，不知此身在下方尘世矣。至如"律己宜带秋气，处世宜带春气"，"婢可以当奴，奴不可以当婢"，"无损于世谓之善人，有害于世谓之恶人"，"寻乐境乃学仙，避苦境乃学佛"，超超玄著，绝胜支许清谈。人当镂心铭肺，岂止佩韦书绅而已哉。

曼持老人余怀广霞制。

序　二

心斋著书满家，皆含经咀史，自出机杼，卓然可传。是编是其一脔片羽，然三才之理，万物之情，古今人事之变，皆在是矣。顾题之以梦且影云者，吾闻海外有国焉，夜长而昼短，以昼之所为为幻，以梦之所遇为真，又闻人有恶其影而欲逃之者。然则梦也者，乃其所以为觉；影也者，乃其所以为形也耶？

廋辞之隐语，言无罪而闻足戒，是则心斋所为尽心焉者也。读是编也，其可以闻破梦之钟，而就阴以息影也夫。

江东同学弟孙致弥题。

序　三

张心斋先生，家自黄山，才奔陆海。楠榴赋就，锦月投怀；芍药辞成，敏花作馔。苏子瞻“十三楼外”，景物犹然；杜枚之“廿四桥头”，流风仍在。静能见性，洵哉人我不间而喜嗔不形。弱仅胜衣，或者清虚日来而滓秽日去。怜才惜玉，心是灵犀；绣腹锦胸，身同丹凤。花间选句，尽来珠玉之音；月下题词，已满珊瑚之笥。岂如兰台作赋，仅别东西；漆园著书，徒分内外而已哉。

然而繁文艳语，止才子余能；而卓识奇思，诚词人本色。若夫舒性情而为著述，缘阅历以作篇章，清如梵室之钟，令人猛省；响若尼山之铎，别有深思。则《幽梦影》一书，余诚不能已于手舞足蹈、心旷神怡也。其云“益人谓善，害物谓恶”，感仿佛乎外王内圣之言；又谓“律己宜秋，处世宜春”，亦陶镕乎诚意正心之旨。他如片花寸草，均有会心；遥水近山，不遗玄想。息机物外，古人之糟粕不论；信手拈时，造化之精微入悟。湖山乘兴，尽可投囊；风月维潭，兼供挥麈。金绳觉路，宏开入梦之毫；宝筏迷津，直渡广长之舌。以风流为道学，寓教化于诙谐。为色为空，知犹有这个在；如梦如影，且应做如是观。

湖上晦村学人石庞序。

幽梦影

一

读经宜冬，其神专也；读史宜夏，其时久也；读诸子宜秋，其致别也；读诸集宜春，其机畅也。

曹秋岳曰：可想见其南面百城时。

庞笔奴曰：读《幽梦影》，则春夏秋冬，无时不宜。

二

经传宜独坐读，史鉴宜与友共读。

孙恺似曰：深得此中真趣，固难为不知者道。

王景州曰：如无好友，即红友亦可。

三

无善无恶是圣人。（如帝力何有于我。杀之而不怨，利之而不庸。以直报怨，以德报德。一介不与，一介不取之类。）善多恶少是贤者。（如颜子不贰过，有不善未尝不知。子路人告有过则喜之类。）善少恶多是庸人。有恶无善是小人。（其偶为善处，亦必有所为。）有善无恶是仙佛。（其所谓善，亦非吾儒之所谓善也。）

黄九烟曰：今人一介不与者甚多，普天之下，皆半边圣人也。

利之不庸者，亦复不少。

江含徵曰：先恶后善，是回头人；先善后恶，是两截人。

殷日戒曰：貌善而心恶者，是奸人，亦当分别。

冒青若曰：昔人云：善可为而不可为。唐解元诗云：善亦懒为何况恶？当于有无多少中更进一层。

四

天下有一人知己，可以不恨。不独人也，物亦有之。如菊以渊明为知己，梅以和靖为知己，竹以子猷为知己，莲以濂溪为知己，桃以避秦人为知己，杏以董奉为知己，石以米颠为知己，荔枝以太真为知己，茶以卢仝、陆羽为知己，香草以灵均为知己，莼鲈以季鹰为知己，蕉以怀素为知己。瓜以邵平为知己，鸡以处宗为知己，鹅以右军为知己，鼓以祢衡为知己，琵琶以明妃为知己。一与之订，千秋不移。若松之于秦始，鹤之于卫懿，正所谓不可与作缘者也。

查二瞻曰：此非松鹤有求于秦始、卫懿，不幸为其所近，欲避之而不能耳。

殷日戒曰：二君究非知松鹤者，然亦无损其为松鹤。

周星远曰：鹤于卫懿，犹当感恩。至吕政五大夫之爵，直是唐突十八公耳。

王名友曰：松遇封，鹤乘轩，还是知己。世间尚有劚松煮鹤者，此又秦卫之罪人也。

张竹坡曰：人中无知己，而下求于物，是物幸而人不幸矣。物不遇知己，而滥用于人，是人快而物不快矣。可见知己之难。知其难，方能知其乐。

五

为月忧云，为书忧蠹，为花忧风雨，为才子佳人忧命薄，真是菩萨心肠。

余淡心曰：洵如君言，亦安有乐时耶？

孙松坪曰：所谓君子有终身之忧者耶？

黄交三曰：为才子佳人忧命薄一语，真令人泪湿青衫。

张竹坡曰：第四忧，恐命薄者消受不起。

江含徵曰：我读此书时，不免为蟹忧雾。

竹坡又曰：江子此言，直是为自己忧蟹耳。

尤悔庵曰：杞人忧天，嫠妇忧国，无乃类是。

六

花不可以无蝶，山不可以无泉，石不可以无苔，水不可以无藻，乔木不可以无藤萝，人不可以无癖。

黄石闾曰：事到可传皆具癖，正谓此耳。

孙松坪曰：和长舆却未许借口。

七

春听鸟声，夏听蝉声，秋听虫声，冬听雪声。白昼听棋声，月下听箫声，山中听松风声，水际听欸乃声，方不虚生此耳。若恶少斥辱，悍妻诟谇，真不若耳聋也。

黄仙裳曰：此诸种声都颇易得，在人能领略耳。

朱菊山曰：山老所居，乃城市山林，故其言若此。若我辈日在广陵城市中，求一鸟声，不啻如凤凰之鸣，顾可易言耶！

释中洲曰：昔文殊选二十五位圆通，以普门耳根为第一。今心斋居士，耳根不减普门。吾他日选圆通，自当以心斋为第一矣。

张竹坡曰：久客者，欲听儿辈读书声，了不可得。

张迂庵曰：可见对恶少悍妻，尚不若日与禽虫周旋也。

又曰：读此方知先生耳聋之妙。

八

上元须酌豪友，端午须酌丽友，七夕须酌韵友，中秋须酌淡友，重九须酌逸友。

朱菊山曰：我于诸友中，当何所属耶？

王武徵曰：君当在豪与韵之间耳。

王名友曰：维扬丽友多，豪友少，韵友更少，至于淡友、逸友，则削迹矣。

张竹坡曰：诸友易得，发心酌之者为难能耳。

顾天石曰：除夕须酌不得意之友。

徐砚谷曰：惟我则无时不可酌耳。

尤谨庸曰：上元酌灯，端午酌彩丝，七夕酌双星，中秋酌月，重九酌菊，则吾友俱备矣。

九

鳞虫中金鱼，羽虫中紫燕，可云物类神仙。正如东方曼倩避世，金马门人不得而害之。

江含徵曰：金鱼之所以免汤镬者，以其色胜而味苦耳。昔人有以重价觅奇特者，以馈邑侯。邑侯他日谓之曰："贤所赠花鱼殊无味。"盖已烹之矣。世岂少削圆方竹杖者哉！

一〇

入世须学东方曼倩，出世须学佛印了元。

江含徵曰：武帝高明喜杀，而曼倩能免于死者，亦全赖吃了长生酒耳。

殷日戒曰：曼倩诗有云："依隐玩世，诡时不逢。"此其所以免死也。

石天外曰：入得世，然后出得世；入世出世打成一片，方有得心应手处。

一一

赏花宜对佳人，醉月宜对韵人，映雪宜对高人。

余淡心曰：花即佳人，月即韵人，雪即高人。既已赏花、醉月、映雪，即与对佳人、韵人、高人无异也。

江含徵曰：若对此君仍大嚼，世间哪有扬州鹤？

张竹坡曰：聚花、月、雪于一时，合佳、韵、高为一人，吾当不赏而心醉矣。

一二

对渊博友，如读异书；对风雅友，如读名人诗文；对谨饬友，如读圣贤经传；对滑稽友，如阅传奇小说。

李圣许曰：读这几种书，亦如对这几种友。

张竹坡曰：善于读书、取友之言。

一三

楷书须如文人，草书须如名将，行书介乎二者之间，如羊叔子缓带轻裘，正是佳处。

程韡老曰：心斋不工书法，乃解作此语耶？

张竹坡曰：所以羲之必做右将军。

一四

人须求可入诗，物须求可入画。

龚半千曰：物之不可入画者，猪也，阿堵物也，恶少年也。

张竹坡曰：诗亦求可见得人，画亦求可像个物。

石天外曰：人须求可入画，物须求可入诗，亦妙。

一五

少年人须有老成之识见，老成人须有少年之襟怀。

江含徵曰：今之钟鸣漏尽、白发盈头者，若多收几斛麦，便欲置侧室，岂非有少年襟怀耶！独是少年老成者少耳。

张竹坡曰：十七八岁便有妾，亦居然少年老成。

李若金曰：老而腐板，定非豪杰。

王司直曰：如此，方不使岁月弄人。

一六

春者天之本怀，秋者天之别调。

石天外曰：此是透彻性命关头语。

袁江中曰：得春气者，人之本怀；得秋气者，人之别调。

尤悔庵曰：夏者，天之客气；冬者，天之素风。

陆云士曰：和神当春，清节为秋，天在人中矣。

一七

昔人云：若无花月美人，不愿生此世界。予益一语云：若无翰墨棋酒，不必定作人身。

殷日戒曰：枉为人身，生在世界者，急宜猛省。

顾天石曰：海外诸国，决无翰墨棋酒，即有亦不与吾同，一般有人何也？

胡会来曰：若无豪杰文人，亦不须要此世界。

一八

愿在木而为樗（不才，终其天年），愿在草而为蓍（前知），愿在鸟而为鸥（忘机），愿在兽而为廌（触邪），愿在虫而为蝶（花间栩栩），愿在鱼而为鲲（逍遥游）。

吴园次曰：较之《闲情》一赋，所愿更自不同。

郑破水曰：我愿生生世世为顽石。

尤悔庵曰：第一大愿。

又曰：愿在人而为梦。

尤慧珠曰：我亦有大愿，愿在梦而为影。

弟木山曰：前四愿皆是相反。盖“前知”则必多“才”，“忘机”则不能“触邪”也。

一九

黄九烟先生云：古今必有其偶。千古而无偶者，其惟盘古乎！予谓盘古亦未尝无偶，但我辈不及见耳。其人为谁？即此劫尽最后一人是也。

孙松坪曰：如此眼光，何啻出牛背上耶！

洪秋士曰：偶亦不必定是两人。有三人为偶者，有四人为偶者，有五、六、七、八人为偶者。是又不可不知。

二〇

古人以冬为三余。予谓当以夏为三余：晨起者，夜之余；夜坐者，昼之余；午睡者，应酬人事之余。古人诗云：“我爱夏日长。”洵不诬也。

张竹坡曰：眼前问冬夏皆有余者，能几人乎？

张迂庵曰：此当是先生辛未年以前语。

二一

庄周梦为蝴蝶，庄周之幸也；蝴蝶梦为庄周，蝴蝶之不幸也。

黄九烟曰：惟庄周乃能梦为蝴蝶，惟蝴蝶乃能梦为庄周耳。若世之扰扰红尘者，其能有此等梦乎！

孙恺似曰：君于梦之中，又占其梦耶！

江含徵曰：周之喜梦蝴蝶者，以其入花深也。若梦甫酣而乍醒，则又如嗜酒者梦赴席，而为妻惊醒，不得不痛加诟谇矣。

张竹坡曰：我何不幸而为蝴蝶之梦者？

二二

艺花可以邀蝶，垒石可以邀云，栽松可以邀风，贮水可以邀萍，筑台可以邀月，种蕉可以邀雨，植柳可以邀蝉。

曹秋岳曰：藏书可以邀友。

崔莲峰曰：酿酒可以邀我。

尤艮斋曰：安得此贤主人？

尤慧珠曰：贤主人非心斋而为谁乎？

倪永清曰：选诗可以邀谤。

陆云士曰：积德可以邀天，力耕可以邀地，乃无意相邀而若邀之者，与邀名邀利者迥异。

庞天池曰：不仁可以邀富。

二三

景有言之极幽，而实萧索者，烟雨也；境有言之极雅，而实难堪者，贫病也；声有言之极韵，而实粗鄙者，卖花声也。

谢海翁曰：物有言之极俗而实可爱者，阿堵物也。

张竹坡曰：我幸得极雅之境。

二四

才子而富贵，定从福慧双修得来。

冒青若曰：才子富贵难兼。若能运用富贵，才是才子，才是福慧双修。世岂无才子而富贵者乎？徒自贪著，无济于人，仍是有福无慧。

陈鹤山曰：释氏云：修福不修慧，象身挂璎珞；修慧不修福，罗汉供应薄。正以其难兼耳。山翁发为此论，直是夫子自道。

江含徵曰：宁可拚一副菜园肚皮，不可有一副酒肉面孔。

二五

新月恨其易沉，缺月恨其迟上。

孔东塘曰：我唯以月之迟早，为睡之迟早耳。

孙松坪曰：第勿使浮云点缀尘滓太清足矣。

冒青若曰：天道忌盈、沉与迟，请君勿恨。

张竹坡曰：易沉迟上，可以卜君子之进退。

二六

躬耕吾所不能，学灌园而已矣；樵薪吾所不能，学薙草而已矣。

汪扶晨曰：不为老农，而为老圃，可云半个樊迟。

释菌人曰：以灌园、薙草自任、自待，可谓不薄。然笔端隐隐有“非其种者，锄而去之”之意。

王司直曰：予自名为识字农夫，得毋妄甚？

二七

一恨书囊易蛀，二恨夏夜有蚊，三恨月台易漏，四恨菊叶多焦，五恨松多大蚁，六恨竹多落叶，七恨桂荷易谢，八恨薜萝藏虺，九恨架花生刺，十恨河豚有毒。

江药庵曰：黄山松并无大蚁，可以不恨。

张竹坡曰：安得诸恨物尽有黄山乎！

石天外曰：予另有二恨：一曰才人无行，二曰佳人薄命。

二八

楼上看山，城头看雪，灯前看日，舟中看霞，月下看美人，另是一番情境。

江允凝曰：黄山看云，更佳。

倪永清曰：做官时看进士，分金处看文人。

毕右万曰：予每于雨后看柳，觉尘襟俱涤。

尤谨庸曰：山上看雪，雪中看花，花中看美人，亦可。

二九

山之光，水之声，月之色，花之香，文人之韵致，美人之姿态，皆无可名状，无可执着。真足以摄召魂梦，颠倒情思。

吴街南曰：以极有韵致之文人，与极有姿态之美人，共坐于山水花月间，不知此时魂梦何如？情思何如？

三〇

假使梦能自主，虽千里无难命驾，可不羡长房之缩地；死者可以晤对，可不需少君之招魂；五岳可以卧游，可不俟婚嫁之尽毕。

黄九烟曰：予尝谓鬼有时胜于人，正以其能自主耳。

江含徵曰：吾恐"上穷碧落下黄泉，两地茫茫皆不见"也。

张竹坡曰：梦魂能自主，则可一生死、通人鬼。真见道之言也。

三一

昭君以和亲而显，刘蕡以下第而传。可谓之不幸，不可谓之缺陷。

江含徵曰：若故折黄雀腿，而后医之，亦不可。

尤悔庵曰：不然，一老宫人、一低进士耳。

三二

以爱花之心爱美人，则领略自饶别趣；以爱美人之心爱花，则护惜倍有深情。

冒辟疆曰：能如此，方是真领略、真护惜也。

张竹坡曰：花与美人何幸，遇此东君。

三三

美人之胜于花者，解语也；花之胜于美人者，生香也。二者不可得兼，舍生香而取解语者也。

王勿翦曰：飞燕吹气若兰，合德体自生香，薛瑶英肌肉皆香。则美人又何尝不生香也。

三四

窗内人于纸窗上作字，吾于窗外观之，极佳。

江含徵曰：若索债人于窗外纸上画，吾且望之却走矣。

三五

少年读书，如隙中窥月；中年读书，如庭中望月；老年读书，如台上玩月。皆以阅历之浅深，为所得之浅深耳。

黄交三曰：真能知读书痛痒者也。

张竹坡曰：吾叔此论，直置身广寒宫里，下视大千世界，皆清光似水矣。

毕右万曰：吾以为学道，亦有浅深之别。

三六

吾欲致书雨师：春雨，宜始于上元节后（观灯已毕），至清明十日前之内（雨止桃开），及谷雨节中；夏雨，宜于每月上弦之前，及下弦之后（免碍于月）；秋雨，宜于孟秋季秋之上下二旬（八月为玩月胜境）；至若三冬，正可不必雨也。

孔东塘曰：君若果有此牍，吾愿作致书邮也。

余生生曰：使天而雨粟，虽自元旦雨至除夕，亦未为不可。

张竹坡曰：此书独不致于巫山雨师。

三七

为浊富，不若为清贫；以忧生，不若以乐死。

李圣许曰：顺理而生，虽忧不忧。逆理而死，虽乐不乐。

吴野人曰：我宁愿为浊富。

张竹坡曰：我愿太奢，欲为清富，焉能遂愿？

三八

天下唯鬼最富，生前囊无一文，死后每饶楮镪；天下唯鬼最尊，生前或受欺凌，死后必多跪拜。

吴野人曰：世于贫士，辄目为穷鬼，则又何也？

陈康畴曰：穷鬼若死，即并称尊矣。

三九

蝶为才子之化身，花乃美人之别号。

张竹坡曰：蝶入花房香满衣。是反以金屋贮才子矣。

四〇

因雪想高士，因花想美人，因酒想侠客，因月想好友，因山水想得意诗文。

弟木山曰：余每见人长一技，即思效之；虽至琐屑，亦不厌也。大约是爱博而情不专。

张竹坡曰：多情话，令人泣下。

尤谨庸曰：因得意诗文，想心斋矣。

李季子曰：此善于设想者。

陆云士曰：临川谓：想内成，因中见。与此相发。

四一

闻鹅声如在白门，闻橹声如在三吴，闻滩声如在浙江，闻羸马项下铃铎声，如在长安道上。

聂晋人曰：南无观世音菩萨摩诃萨。

倪永清曰：众音寂灭时，又作么生话会。

四二

一岁诸节，以上元为第一，中秋次之，五日、九日又次之。

张竹坡曰：一岁当以我畅意日为佳节。

顾天石曰：跻上元于中秋之上，未免尚耽绮习。

四三

雨之为物，能令昼短，能令夜长。

张竹坡曰：雨之为物，能令天闭眼，能令地生毛，能为水国广封疆。

四四

古之不传于今者，啸也，剑术也，弹棋也，打球也。

黄九烟曰：古之绝胜于今者，官妓、女道士也。

张竹坡曰：今之绝胜于古者，能吏也，猾棍也，无耻也。

庞天池曰：今之必不能传于后者，八股也。

四五

诗僧时复有之，若道士之能诗者，不啻空谷足音，何也？

毕右万曰：僧、道能诗，亦非难事；但惜僧、道不知禅玄耳。

顾天石曰：道于三教中，原属第三。应是根器最钝人做，那得会诗！轩辕弥明，昌黎寓言耳。

尤谨庸曰：僧家势利第一，能诗次之。

倪永清曰：我所恨者，辟谷之法不传。

四六

当为花中之萱草，毋为鸟中之杜鹃。

四七

物之稚者，皆不可厌，惟驴独否。

黄略似曰：物之老者，皆可厌，惟松与梅则否。

倪永清曰：惟癖于驴者，则不厌之。

四八

女子自十四五岁至二十四五岁，此十年中，无论燕、秦、吴、越，其音大都娇媚动人。一睹其貌，则美恶判然矣。耳闻不如目见，于此益信。

吴听翁曰：我向以耳根之有余，补目力之不足。今读此，乃知卿言亦复佳也。

江含徵曰：帘为妓衣，亦殊有见。

张竹坡曰：家有少年丑婢者，当令隔屏私语，灭烛侍寝。何如？

倪永清曰：若逢美貌而恶声者，又当何如？

四九

寻乐境乃学仙，避苦趣乃学佛。佛家所谓极乐世界者，盖谓众苦之所不到也。

江含徵曰：著败絮行荆棘中，固是苦事；彼披忍辱铠者，亦未得优游自到也。

陆云士曰：空诸所有，受即是空。其为苦乐，不足言矣。故学佛优于学仙。

五〇

富贵而劳悴，不若安闲之贫贱；贫贱而骄傲，不若谦恭之富贵。

曹实庵曰：富贵而又安闲，自能谦恭也。

许师六曰：富贵而又谦恭，乃能安闲耳。

张竹坡曰：谦恭安闲，乃能长富贵也。

张迂庵曰：安闲乃能骄傲，劳悴则必谦恭。

五一

目不能自见，鼻不能自嗅，舌不能自舐，手不能自握，惟耳能自闻其声。

弟木山曰：岂不闻心不在焉、听而不闻乎？兄其诳我哉！

张竹坡曰：心能自信。

释师昂曰：古德云：眉与目不相识，只为太近。

五二

凡声皆宜远听，惟听琴则远近皆宜。

王名友曰：松涛声、瀑布声、箫笛声、潮声、读书声、钟声、梵声，皆宜远听；惟琴声、度曲声、雪声，非至近不能得其离合抑扬之妙。

庞天池曰：凡色皆宜近看，惟山色远近皆宜。

五三

目不能识字，其闷尤过于盲；手不能执管，其苦更甚于哑。

陈鹤山曰：君独未知今之不识字、不握管者，其乐尤过于不盲、不哑者也。

五四

并头联句，交颈论文，宫中应制，历使属国，皆极人间乐事。

狄立人曰：既已并头、交颈，即欲联句、论文，恐亦有所不暇。

汪舟次曰：历使属国，殊不易易。

孙松坪曰：邯郸旧梦，对此惘然。

张竹坡曰：并头、交颈，乐事也；联句、论文，亦乐事也。是以两乐并为一乐者，则当以两夜并为一夜方妙。然其乐一刻，胜于一日矣。

沈契掌曰：恐天亦见妒。

五五

《水浒传》武松诘蒋门神云："为何不姓李。"此语殊妙。盖姓实有佳有劣：如华、如柳、如云、如苏、如乔，皆极风韵；若夫毛也、赖也、焦也、牛也，则皆尘于目而棘于耳者也。

先渭求曰：然则君为何不姓李耶？

张竹坡曰：止闻今张昔李，不闻今李昔张也。

五六

花之宜于目而复宜于鼻香，梅也，菊也，兰也，水仙也，珠兰也，莲也；止宜于鼻者，橼也，桂也，瑞香也，栀子也，茉莉也，木香也，玫瑰也，腊梅也。余则皆宜于目者也。花与叶俱可观者，秋海棠为最，荷次之。海棠、酴醾、虞美人、水仙又次之。叶胜于花者，止雁来红、美人蕉而已。花与叶俱不足观者紫薇也，辛夷也。

周星远曰：山老可当花阵一面。

张竹坡曰：以一叶而能胜诸花者，此君也。

五七

高语山林者，辄不喜谈市朝事。审若此，则当并废《史》《汉》诸书而不读矣。盖诸书所载者，皆古之市朝也。

张竹坡曰：高语者，必是虚声处士；真入山者，方能经纶市朝。

五八

云之为物，或崔巍如山，或潋滟如水，或如人，或如兽，或如鸟毳，或如鱼鳞。故天下万物皆可画，惟云不能画。世所画云，亦强名耳。

何蔚宗曰：天下百官皆可做，惟教官不可做。做教官者，皆谪戍耳。

张竹坡曰：云有反面、正面，有阴阳、向背，有层次、内外。细观其与日相映，则知其明处乃一面，暗处又一面。尝谓古今无一画云手，不谓《幽梦影》中，先得我心。

五九

值太平世，生湖山郡，官长廉静，家道优裕，娶妇贤淑，生子聪慧。人生如此，可云全福。

许篆林曰：若以粗笨愚蠢之人当之，则负却造物。

江含徵曰：此是黑面老子要思量做鬼处。

吴岱观曰：过屠门而大嚼，虽不得肉，亦且快意。

李荔园曰：贤淑、聪慧，尤贵永年，否则福不全。

六十

天下器玩之类，其制日工，其价日贱，毋惑乎民之贫也。

张竹坡曰：由于民贫，故益工而益贱。若不贫，如何肯贱！

六一

养花胆瓶，其式之高低大小，须与花相称；而色之浅深浓淡，又须与花相反。

程穆倩曰：足补袁中郎《瓶史》所未逮。

张竹坡曰：夫如此，有不甘去南枝而生香于几案之右者乎！名花心足矣。

王宓草曰：须知相反者，正欲其相称也。

六二

春雨如恩诏，夏雨如赦书，秋雨如挽歌。

张谐石曰：我辈居恒苦饥，但愿夏雨如馒头耳。

张竹坡曰：赦书太多，亦不甚妙。

六三

十岁为神童，二十三十为才子，四十五十为名臣，六十为神仙，可谓全人矣。

江含徵曰：此却不可知，盖神童原有仙骨故也。只恐中间做名臣时，堕落名利场中耳。

杨圣藻曰：人孰不想？难得有此全福！

张竹坡曰：神童、才子由于己，可能也；臣由于君，仙由于天，不可必也。

顾天石曰：六十神仙，似乎太早。

六四

武人不苟战，是为武中之文；文人不迂腐，是为文中之武。

梅定九曰：近日文人不迂腐者颇多，心斋亦其一也。

顾天石曰：然则心斋直谓之武夫可乎？笑！笑！

王司直曰：是真文人，必不迂腐。

六五

文人讲武事，大都纸上谈兵；武将论文章，半属道听途说。

吴街南曰：今之武将讲武事，亦属纸上谈兵；今之文人论文章，大都道听途说。

六六

斗方止三种可存：佳诗文一也，新题目二也，精款式三也。

闵宾连曰：近年斗方名士甚多，不知能入吾心斋彀中否也。

六七

情必近于痴而始真，才必兼乎趣而始化。

陆云士曰：真情种、真才子，能为此言。

顾天石曰：才兼乎趣，非心斋不足当之。

尤慧珠曰：余情而痴则有之，才而趣则未能也。

六八

凡花色之娇媚者，多不甚香；瓣之千层者，多不结实。甚矣，全才之难也。兼之者，其惟莲乎。

殷日戒曰：花、叶、根、实无所不空，亦无不适于用，莲则全有其德者也。

贯玉曰：莲花易谢，所谓有全才而无全福也。

王丹麓曰：我欲荔枝有好花，牡丹有佳实，方妙。

尤谨庸曰：全才必为人所忌，莲花故名君子。

六九

著得一部新书，便是千秋大业；注得一部古书，允为万世弘功。

黄交三曰：世间难事，注书第一。大要于极寻常书，要看出作者苦心。

张竹坡曰：注书无难，天使人得安居无累，有可以注书之时与地为难耳。

七〇

延名师训子弟，入名山习举业，丐名士代捉刀，三者都无是处。

陈康畴曰：大抵名而已矣，好歹原未必著意。

殷日戒曰：况今之所得名乎！

七一

积画以成字，积字以成句，积句以成篇，谓之文。文体日增，至八股而遂止。如古文、如诗、如赋、如词、如曲、如说部、如传奇小说，皆自无而有。方其未有之时，固不料后来之有此一体也。逮既有此一体之后，又若天造地设，为世必应有之物。然自明以来，未见有创一体裁新人耳目者。遥计百年之后，必有其人，惜乎不及见耳。

陈康畴曰：天下事，从意起。山来今日既作此想，安知其来生不即为此辈翻新之士乎！惜乎今人不及知耳。

陈鹤山曰：此是先生应以创体身得度者，即现创体身而为设法。

孙恺似曰：读《心斋别集》，拈四子书题，以五七言韵体行之，无不入妙，叹其独绝。此则直可当先生自序也。

张竹坡曰：见及于此，是必能创之者。吾拭目以待新裁。

七二

云映日而成霞，泉挂岩而成瀑。所托者异，而名亦因之。此友道之所以可贵也。

张竹坡曰：非日而云不映，非岩而泉不挂。此友道之所以当择也。

七三

大家之文，吾爱之慕之，吾愿学之；名家之文，吾爱之慕之，吾不敢学之。学大家而不得，所谓刻鹄不成尚类鹜也；学名家而不得，则是画虎不成反类狗矣。

黄旧樵曰：我则异于是。最恶世之貌为大家者。

殷日戒曰：彼不曾闯其藩篱，乌能窥其阃奥！只说得隔壁话耳。

张竹坡曰：今人读得一两句名家，便自称大家矣。

七四

由戒得定，由定得慧，勉强渐近自然；炼精化气，炼气化神，清虚有何渣滓。

袁中江曰：此二氏之学也，吾儒何独不然！

陆云士曰：《楞严经》《参同契》，精义尽涵在内。

尤悔庵曰：极平常语，然道在是矣。

七五

南北东西，一定之位也；前后左右，无定之位也。

张竹坡曰：闻天地昼夜旋转，则此东西南北，亦无定之位也。或者天地外贮此天地者，当有一定耳。

七六

予尝谓二氏不可废，非袭夫大养济院之陈言也。盖名山胜境，我辈每思褰裳就之。使非琳宫梵刹，则倦时无可驻足，饥时谁与授餐？忽有疾风暴雨，五大夫果真足恃乎？又或丘壑深邃，非一日可了。岂有露宿以待明日乎？虎豹蛇虺能保其不为人患乎？又或为士大夫所有，果能不问主人，任我之登陟凭吊，而莫之禁乎？不特此也。甲之所有，乙思起而夺之，是启争端也。祖父之所创建，子孙贫，力不能修葺。其倾颓之状，反足令山川减色矣。

然此特就名山胜境言之耳。即城市之内，与夫四达之衢，亦不可少此一种。客游可作居停，一也；长途可以稍憩，二也；夏之茗，冬之姜汤，复可以济役夫负戴之困，三也。凡此皆就事理言之，非二氏福报之说也。

释中洲曰：此论一出，量无悭檀越矣。

张竹坡曰：如此处置此辈甚妥。但不得令其于人家丧事诵经，吉事拜忏；装金为像，铸铜作身；房如宫殿，器御钟鼓，动说因果；虽饮酒食肉，娶妻生子，总无不可。

石天外曰：天地生气，大抵五十年一聚。生气一聚，必有刀兵、饥馑、瘟疫以收其生气。此古今一治一乱，必然之数也。自佛入中国，用剃度出家法，绝其后嗣，天地盖欲以佛节古今之生气也。所以唐、宋、元、明以来剃度者多，而刀兵劫数稍减于春秋、战国、秦、汉诸时也。然则佛氏且未必无功于天地，宁特人类已哉！

七七

虽不善书，而笔砚不可不精；虽不业医，而验方不可不存；虽不工弈，而楸枰不可不备。

江含徵曰：虽不善饮，而良酝不可不藏，此坡仙之所以为坡仙也。

顾天石曰：虽不好色，而美女妖童不可不蓄。

毕右万曰：虽不习武，而弓矢不可不张。

七八

方外不必戒酒，但须戒俗；红裙不必通文，但须得趣。

朱其恭曰：以不戒酒之方外，遇不通文之红裙，必有可观。

陈定九曰：我不善饮，而方外不饮酒者誓不与之语；红裙若不识趣，亦不乐与近。

释浮村曰：得居士此论，我辈可放心豪饮矣。

弟东囿曰：方外并戒了化缘，方妙。

七九

梅边之石宜古，松下之石宜拙，竹傍之石宜瘦，盆内之石宜巧。

周星远曰：论石至此，直可作九品中正。

释中洲曰：位置相当，足见胸次。

八〇

律己宜带秋气，处世宜带春气。

孙松楸曰：君子所以有矜群而无争党也。

胡静夫曰：合夷、惠为一人，吾愿亲炙之。

尤悔庵曰：皮里春秋。

八一

厌催租之败意，亟宜早早完粮；喜老衲之谈禅，难免常常布施。

释中洲曰：居士辈之实情，吾僧家之私冀，直被一笔写出矣。

瞎尊者曰：我不会谈禅，亦不敢妄求布施，惟闲写青山卖耳。

八二

松下听琴，月下听箫，涧边听瀑布，山中听梵呗，觉耳中别有不同。

张竹坡曰：其不同处，有难于向不知者道。

倪永清曰：识得“不同”二字，方许享此清听。

八三

月下听禅，旨趣益远；月下说剑，肝胆益真；月下论诗，风致益幽；月下对美人，情意益笃。

袁士旦曰：溽暑中赴华筵，冰雪中应考试，阴雨中对道学先生，与此况味如何？

八四

有地上之山水，有画上之山水，有梦中之山水，有胸中之山水。地上者妙在丘壑深邃，画上者妙在笔墨淋漓，梦中者妙在景象变幻，胸中者妙在位置自如。

周星远曰：心斋《幽梦影》中文字，其妙亦在景象变幻。

殷日戒曰：若诗文中之山水，其幽深变幻，更不可以名状。

江含徵曰：但不可有面上之山水。

余香祖曰：余境况不佳，水穷山尽矣。

八五

一日之计种蕉，一岁之计种竹，十年之计种柳，百年之计种松。

周星远曰：千秋之计，其著书乎？

张竹坡曰：百世之计种德。

八六

春雨宜读书，夏雨宜弈棋，秋雨宜检藏，冬雨宜饮酒。

周星远曰：四时惟秋雨最难听，然予谓无分今雨、旧雨，听之要皆宜于饮也。

八七

诗文之体得秋气为佳，词曲之体得春气为佳。

江含徵曰：调有惨淡悲伤者，亦须相称。

殷日戒曰：陶诗、欧文，亦似以春气胜。

八八

抄写之笔墨，不必过求其佳，若施之缣素，则不可不求其佳；诵读之书籍，不必过求其备，若以供稽考，则不可不求其备；游历之山水，不必过求其妙，若因之卜居，则不可不求其妙。

冒辟疆曰：外遇之女色，不必过求其美；若以作姬妾，则不可不求其美。

倪永清曰：观其区处条理，所在经济可知。

王司直曰：求其所当求，而不求其所不必求。

八九

人非圣贤，安能无所不知。只知其一，惟恐不止其一，复求知其二者，上也；止知其一，因人言，始知有其二者，次也；止知其一，人言有其二而莫之信者，又其次也；止知其一，恶人言有其二者，斯下之下矣。

周星远曰：兼听则聪，心斋所以深于知也。

倪永清曰：圣贤大学问，大意于清语得之。

九〇

史官所纪者，直世界也；职方所载者，横世界也。

袁中江曰：众宰官所治者，斜世界也。

尤悔庵曰：普天下所行者，混沌世界也。

顾天石曰：吾尝思天上之天堂，何处筑基？地下之地狱，何处出气？世界固有不可思议者。

九一

先天八卦，竖看者也；后天八卦，横看者也。

吴街南曰：横看竖看，皆看不着。

钱目天曰：何如袖手旁观！

九二

藏书不难，能看为难；看书不难，能读为难；读书不难，能用为难；能用不难，能记为难。

洪去芜曰：心斋以“能记”次于“能用”之后，想亦苦记性不如耳。世固有能记而不能用者。

王端人曰：能记、能用，方是真藏书人。

张竹坡曰：能记固难，能行尤难。

九三

求知己于朋友易，求知己于妻妾难，求知己于君臣则尤难之难。

王名友曰：求知己于妾易，求知己于妻难，求知己于有妾之妻尤难。

张竹坡曰：求知己于兄弟亦难。

江含徵曰：求知己于鬼神则反易耳。

九四

何谓善人？无损于世者，则谓之善人。何谓恶人？有害于世者，则谓之恶人。

江含徵曰：尚有有害于世而反邀善人之誉，此实为好利而显为名高者，则又恶人之尤。

九五

有工夫读书谓之福，有力量济人谓之福，有学问著述谓之福，无是非到耳谓之福，有多闻直谅之友谓之福。

殷日戒曰：我本薄福人，宜行求福事，在随时儆醒而已。

杨圣藻曰：在我者可必，在人者不能必。

王丹麓曰：备此福者，惟我心斋。

李水樵曰：五福骈臻固佳，苟得其半者，亦不得谓之无福。

倪永清曰：直谅之友，富贵人久拒之矣。何心斋反求之也？

九六

人莫乐于闲，非无所事事之谓也。闲则能读书，闲则能游名胜，闲则能交益友，闲则能饮酒，闲则能著书。天下之乐，孰大于是？

陈鹤山曰：然则正是极忙处。

黄交三曰：闲字前有止敬功夫，方能到此。

尤悔庵曰：昔人云“忙里偷闲”。闲而可偷，盗亦有道矣。

李若金曰：闲固难得。有此五者，方不负闲字。

九七

文章是案头之山水，山水是地上之文章。

李圣许曰：文章必明秀，方可作案头山水；山水必曲折，乃可名地上文章。

九八

平、上、去、入，乃一定之至理。然入声之为字也少，不得谓凡字皆有四声也。世之调平仄者，于入声之无其字者，往往以不相合之音隶于其下。为所隶者，苟无平、上、去之三声，则是以寡妇配鳏夫，犹之可也。若所隶之字，自有其平、上、去三声，而欲强以从我，则是干有夫之妇矣，其可乎？姑就诗韵言之。如东、冬韵，无入声者也，今人尽调之以东、董、冻、督。夫督之为音，当附于都、睹、妒之下。若属之于东、董、冻，又何以处夫都、睹、妒乎？若东、都二字，俱以督字为入声，则是一妇而两夫矣。三江无入声者也，今人尽调之以江、讲、绛、觉，殊不知“觉”之为音，当附于交、绞、教之下者也。诸如此类，不胜其举。然则如之何而后可？曰鳏者听其鳏，寡者听其寡，夫妇全者安其全，各不相干而已矣。东、冬、欢、桓、寒、山、真、文、元、渊、先、天、庚、青、侵、盐、咸诸部，皆无入声者也。屋、沃内如秃、独、鹄、束等字，乃鱼、虞韵，内都、图等字之入声。卜、木、六、仆等字，乃五歌部之入声。玉、菊、狱、育等字，乃尤部之入声。三觉、十药当属于萧、肴、豪。质、锡、职、缉，当属于支、微、齐。质内之橘、卒，物内之郁、屈，当属于虞、鱼。物内之勿、物等音，无平上去者也。讫、乞等四支之入声也。陌部乃佳、灰之半、开、来等字之入声也。月部之月、厥、阙、谒等，及屑、叶二部，古无平上去，而今则为中州韵内车、遮诸字之入声也。伐、发等字，及曷部之括、适，及八黠全部，又十五合内诸字，又十七洽全部，皆六麻之入声也。曷内之撮、阔等字，合部之合、盒数字，皆无平上去者也。若以缉、合、叶、洽为闭口韵，则止当谓之无平上去之寡妇，而不当调之以侵、寝。（缉、咸、喊、陷、洽也。）

石天外曰：中州韵无入声，是有夫无妇，天下皆成旷夫世界矣。

九九

《水浒传》是一部怒书，《西游记》是一部悟书，《金瓶梅》是一部哀书。

江含徵曰：不会看《金瓶梅》，而只学其淫；是爱东坡者，但喜吃东坡肉耳。

殷日戒曰：《幽梦影》是一部快书。

朱其恭曰：余谓《幽梦影》是一部趣书。

一〇〇

读书最乐，若读史书，则喜少怒多，究之怒处亦乐处也。

张竹坡曰：读到喜、怒俱忘，是大乐处。

陆云士曰：余尝有句云："读《三国志》，无人不为刘；读《南宋书》，无人不冤岳。"第人不知其怒处亦乐处耳。怒而能乐，惟善读史者知之。

一〇一

发前人未发之论，方是奇书；言妻子难言之情，乃为密友。

孙恺似曰：前二语，是心斋著书本领。

毕右万曰：奇书我却有数种，如人不肯看何？

陆云士曰：《幽梦影》一书所发者，皆未发之论；所言者，皆难言之情。欲语羞雷同，可以题赠。

一〇二

一介之士，必有密友。密友不必定是刎颈之交。大率虽千百里之遥，皆可相信，而不为浮言所动；闻有谤之者，即多方为之辩析而后已；事之宜行宜止者，代为筹画决断；或事当利害关头，有所需而后济者，即不必与闻，亦不虑其负我与否，竟为力承其事。此皆所谓密友也。

殷日戒曰：后段更见恳切周详，可以想见其为人矣。

石天外曰：如此密友，人生能得几个？仆愿心斋先生当之。

一〇三

风流自赏，只容花鸟趋陪；真率谁知，合受烟霞供养。

江含徵曰：东坡有云：当此之时，若有所思，而无所思。

一〇四

万事可忘，难忘者名心一段；千般易淡，未淡者美酒三杯。

张竹坡曰：是闻鸡起舞，酒后耳热气象。

王丹麓曰：予性不耐饮，美酒亦易淡。所最难忘者，名耳。

陆云士曰：惟恐不好名。丹麓此言，具见真处。

一〇五

芰荷可食而亦可衣，金石可器而亦可服。

张竹坡曰：然后知濂溪不过为衣食计耳。

王司直曰：今之为衣食计者，果似濂溪否？

一〇六

宜于耳复宜于目者，弹琴也，吹箫也。宜于耳不宜于目者，吹笙也，擫管也。

李圣许曰：宜于目不宜于耳者，狮子吼之美妇人也；不宜于目并不宜于耳者，面目可憎、语言无味之纨绔子也。

庞天池曰：宜于耳复宜于目者，巧言令色也。

一〇七

看晓妆宜于傅粉之后。

余淡心曰：看晚妆，不知心斋以为宜于何时？

周冰持曰：不可说！不可说！

黄交三曰：水晶帘下看梳头，不知尔时曾傅粉否？

庞天池曰：看残妆，宜于微醉后，然眼花缭乱矣。

一〇八

我不知我之生前，当春秋之季，曾一识西施否？当典午之时，曾一看卫玠否？当义熙之世，曾一醉渊明否？当天宝之代，曾一睹太真否？当元丰之朝，曾一晤东坡否？千古之上相思者，不止此数人，而此数人则其尤甚者，故姑举之以概其余也。

杨圣藻曰：君前生曾与诸君周旋，亦未可知，但今生忘之耳。

纪伯紫曰：君之前生，或竟是渊明、东坡诸人，亦未可知。

王名友曰：不特此也！心斋自云："愿来生为绝代佳人！"又安知西施、太真不即为其前生耶！

郑破水曰：赞叹爱慕，千古一情。美人不必为妻妾，名士不必为朋友，又何必问之前生也耶！心斋真情痴也。

陆云士曰：余尝有诗曰：自昔闻佛言，人有轮回事。前生为古人，不知何姓氏！或览青史中，若与他人遇！竟与心斋同情，然大逊其奇快！

一〇九

我又不知在隆、万时，曾于旧院中交几名妓？眉公、伯虎、若士、赤水诸君，曾共我谈笑几回？茫茫宇宙，我今当向谁问之耶！

江含徵曰：死者有知，则良晤匪遥。如各化为异物，吾未如之何也已！

顾天石曰：具此襟情，百年后当有恨不与心斋周旋者，则吾幸矣！

一一〇

文章是有字句之锦绣，锦绣是无字句之文章，两者同出于一原。姑即其粗迹论之，如金陵，如武林，如姑苏，书林之所在，即机杼之所在也。

一一一

予尝集诸法帖字为诗。字之不复而多者，莫善于《千字文》，然诗家目前常用之字，犹苦其未备。如天文之烟、霞、风、雪，地理之江、山、塘、岸，时令之春、宵、晓、暮，人物之翁、僧、渔、樵，花木之花、柳、苔、萍，鸟兽之蜂、蝶、莺、燕，宫室之台、栏、轩、窗，器用之舟、船、壶、杖，人事之梦、忆、愁、恨，衣服之裙、袖、锦、绮，饮食之茶、浆、饮、酌，身体之须、眉、韵、态，声色之红、绿、香、艳，文史之骚、赋、题、吟，数目之一、三、双、半，皆无其字。《千字文》且然，况其他乎？

黄仙裳曰：山来此种诗，竟似为我而设。

顾天石曰：使其皆备，则《千字文》不为奇矣。吾尝于千字之处，另集千字，而已不可复行，更奇。

一一二

花不可见其落，月不可见其沉，美人不可见其夭。

朱其恭曰：君言谬矣！洵如所云，则美人必见其发白齿豁而后快耶！

一一三

种花须见其开，待月须见其满，著书须见其成，美人须见其畅适，方有实际。否则皆为虚设。

王璞庵曰：此条与上条互相发明。盖曰花不可见其落耳，必须见其开也。

一一四

惠施多方，其书五车；虞卿以穷愁著书，今皆不传。不知书中果作何语？我不见古人，安得不恨！

王仔园曰：想亦与《幽梦影》相类耳！

顾天石曰：古人所读之书，所著之书，若不被秦人所烧尽，则奇奇怪怪，可供今人刻画者，知复何限！然如《幽梦影》等书出，不必思古人矣。

倪永清曰：有著书之名，而不见书，省人多少指摘！

庞天池曰：我独恨古人不见心斋！

一一五

以松花为量，以松实为香，以松枝为麈尾，以松阴为步障，以松涛为鼓吹。山居得乔松百余章，真乃受用不尽。

施愚山曰：君独不记曾有"松多大蚁"之恨耶！

江含徵曰：松多大蚁，不妨便为蚁王。

石天外曰：坐乔松下，如在水晶宫中，见万顷波涛，总在头上，真仙境也。

一一六

玩月之法：皎洁则宜仰观，朦胧则宜俯视。

孔东塘曰：深得玩月三昧。

一一七

孩提之童，一无所知，目不能辨美恶，耳不能判清浊，鼻不能别香臭。至若味之甘苦则不第知之，且能取之弃之。告子以甘食、悦色为性。殆指此类耳。

一一八

凡事不宜刻，若读书则不可不刻；凡事不宜贪，若买书则不可不贪；凡事不宜痴，若行善则不可不痴。

余淡心曰："读书不可不刻"，请去一"读"字，移以赠我，何如？

张竹坡曰：我为刻书累，请并去一"不"字。

杨圣藻曰：行善不痴，是邀名矣。

一一九

酒可好不可骂座，色可好不可伤生，财可好不可昧心，气可好不可越理。

袁中江曰：如灌夫使酒、文园病肺，昨夜南塘一出，马上挟章台柳归，亦自无妨，觉愈见英雄本色也。

一二〇

文名可以当科第，俭德可以当货财，清闲可以当寿考。

聂晋人曰：若名人而登甲第，富翁而不骄奢，寿翁而又清闲，便是蓬壶三岛中人也。

范汝受曰：此亦是贫贱文人无所事事，自为慰藉云耳；恐亦无实在受用处也。

曾青藜曰：无事此静坐，一日似两日。若活七十年，便是百四十。此是“清闲当寿考”注脚。

石天外曰：得《老子》退一步法。

顾天石曰：予生平喜游，每逢佳山水，辄留连不去，亦自谓可当园亭之乐。质之心斋，以为然否？

一二一

不独诵其诗，读其书，是尚友古人，即观其字画，亦是尚友古人处。

张竹坡曰：能友字画中之古人，则九原皆为之感泣矣！

一二二

无益之施舍，莫过于斋僧；无益之诗文，莫过于祝寿。

张竹坡曰：无益之心思，莫过于忧贫；无益之学问，莫过于务名。

殷简堂曰：若诗文有笔资，亦未尝不可。

庞天池曰：有益之施舍，莫过于多送我《幽梦影》几册。

一二三

妾美不如妻贤，钱多不如境顺。

张竹坡曰：此所谓竿头欲进步者。然妻不贤，安用妾美？钱不多，那得境顺？

张迂庵曰：此盖谓二者不可得兼，舍一而取一者也。

又曰：世固有钱多而境不顺者。

一二四

创新庵不若修古庙，读生书不若温旧业。

张竹坡曰：是真会读书者，是真读过万卷书者，是真一书曾读过数遍者。

顾天石曰：惟《左传》《楚辞》、马、班、杜、韩之诗文，及《水浒》《西厢》《还魂》等书，虽读百遍不厌。此外，皆不耐温者矣。奈何？

王安节曰：今世建生祠，又不若创茅庵。

一二五

字与画同出一原。观六书始于象形，则可知已。

江含徵曰：有不可画之字，不得不用六法也。

张竹坡曰：千古人未经道破，却一口拈出。

一二六

忙人园亭，宜与住宅相连；闲人园亭，不妨与住宅相远。

张竹坡曰：真闲人，必以园亭为住宅。

一二七

酒可以当茶，茶不可以当酒；诗可以当文，文不可以当诗；曲可以当词，词不可以当曲；月可以当灯，灯不可以当月；笔可以当口，口不可以当笔；婢可以当奴，奴不可以当婢。

江含徵曰：婢当奴则太亲，吾恐忽闻河东狮子吼耳！

周星远曰：奴亦有可以当婢处，但未免稍逊耳。

近时士大夫往往耽此癖。吾辈驰骛之流，盗此虚名，亦欲效颦相尚；滔滔者，天下皆是也，心斋岂未识其故乎！

张竹坡曰：婢可以当奴者，有奴之所有者也；奴不可以当婢者，有婢之所同有，无婢之所独有者也。

弟木山曰：兄于饮食之顷，恐月不可以当灯。

余湘客曰：以奴当婢，小姐权时落后也。

宗子发曰：惟帝王家不妨以奴当婢，盖以有阉割法也。每见人家奴子出入主母卧房，亦殊可虑。

一二八

胸中小不平，可以酒消之；世间大不平，非剑不能消也。

周星远曰：看剑引杯长，一切不平皆破除矣。

张竹坡曰：此平世的剑术，非隐娘辈所知。

张迂庵曰：苍苍者未必肯以太阿假人，似不能代作空空儿也。

尤悔庵曰：龙泉、太阿，汝知我者，岂止苏子美以一斗读《汉书》耶！

一二九

不得已而谀之者，宁以口，毋以笔；不可耐而骂之者，亦宁以口，毋以笔。

孙豹人曰：但恐未必能自主耳！

张竹坡曰：上句立品，下句立德。

张迂庵曰：非惟立德，亦以免祸。

顾天石曰：今人笔不谀人，更无用笔之处矣。心斋不知此苦，还是唐、宋以上人耳！

陆云士曰：古《笔铭》曰：毫毛茂茂，陷水可脱，陷文不活。正此谓也。亦有谀以笔而实讥之者，亦有骂以笔而若誉之者。总以不笔为高。

一三〇

多情者必好色，而好色者未必尽属多情；红颜者必薄命，而薄命者未必尽属红颜；能诗者必好酒，而好酒者未必尽属能诗。

张竹坡曰：情起于色者，则好色也，非情也。祸起于颜色者，则薄命在红颜；否则亦止曰命而已矣！

洪秋士曰：世亦有能诗而不好酒者。

一三一

梅令人高，兰令人幽，菊令人野，莲令人淡，春海棠令人艳，牡丹令人豪，蕉与竹令人韵，秋海棠令人媚，松令人逸，桐令人清，柳令人感。

张竹坡曰：美人令众卉皆香，名士令群芳俱舞。

尤谨庸曰：读之惊才绝艳，堪采入《群芳谱》中。

一三二

物之能感人者，在天莫如月，在乐莫如琴，在动物莫如鸟，在植物莫如柳。

一三三

妻、子颇足累人，羡和靖梅妻鹤子；奴、婢亦能供职，喜志和樵婢渔奴。

尤悔庵曰：梅妻鹤子，樵婢渔奴，可称绝对。人生眷属，得此足矣！

一三四

涉猎虽曰无用，犹胜于不通古今；清高固然可嘉，莫流于不识时务。

黄交三曰：南阳抱膝时，原非清高者可比。

江含徵曰：此是心斋经济语。

张竹坡曰：不合时宜，则可；不达时务，奚其可？

尤悔庵曰：名言！名言！

一三五

所谓美人者：以花为貌，以鸟为声，以月为神，以柳为态，以玉为骨，以冰雪为肤，以秋水为姿，以诗词为心。吾无间然矣。

冒辟疆曰：合古今灵秀之气，庶几铸此一人。

江含徵曰：还要有松檗之操才好。

黄交三曰：论美人而曰以诗词为心，真是闻所未闻！

一三六

蝇集人面，蚊嘬人肤，不知以人为何物？

陈康畴曰：应是头陀转世，意中但求布施也。

释菌人曰：不堪道破！

张竹坡曰：此《南华》精髓也。

尤悔庵曰：正以人之血肉只堪供蝇蚊咀嚼耳。以我视之，人也；自蝇蚊视之，何异腥膻臭腐乎！

陆云士曰：集人面者，非蝇而蝇；嘬人肤者，非蚊而蚊。明知其为人也，而集之嘬之，更不知其以人为何物。

一三七

有山林隐逸之乐而不知享者，渔樵也，农圃也，缁黄也；有园亭姬妾之乐，而不能享、不善享者，富商也，大僚也。

弟木山曰：有山珍海错而不能享者，庖人也；有牙签玉轴而不能读者，蠹鱼也，书贾也。

一三八

黎举云："欲令梅聘海棠，枨子（想是橙）臣樱桃，以芥嫁笋，但时不同耳。"予谓物各有偶，拟必于伦。今之嫁娶，殊觉未当。如梅之为物，品最清高；棠之为物，姿极妖艳。即使同时，亦不可为夫妇。不若梅聘梨花，海棠嫁杏，橼臣佛手，荔枝臣樱桃，秋海棠嫁雁来红，庶几相称耳。至若以芥嫁笋，笋如有知，必受河东狮子之累矣。

弟木山曰：余尝以芍药为牡丹后，因作贺表一通。兄曾云："但恐芍药未必肯耳！"

石天外曰：花神有知，当以花果数升谢蹇修矣。

姜学在曰：雁来红做新郎，真个是老少年也。

一三九

五色有太过，有不及，惟黑与白无太过。

杜茶村曰：君独不闻唐有李太白乎？

江含徵曰：又不闻玄之又玄乎？

尤悔庵曰：知此道者，其惟弈乎！老子曰：知其白，守其黑。

一四〇

许氏《说文》分部，有止有其部而无所属之字者，下必注云："凡某之属，皆从某。"赘句殊觉可笑，何不省此一句乎？

谭公子曰：此独民县到任告示耳。

王司直曰：此亦古史之遗。

一四一

阅《水浒传》，至鲁达打镇关西，武松打虎，因思人生必有一桩极快意事，方不枉在生一场。即不能有其事，亦须著得一种得意之书，庶几无憾耳。（如李太白有贵妃捧砚事，司马相如有文君当垆事，严子陵有足加帝腹事，王之涣、王昌龄有旗亭画壁事，王子安有顺风过江作《滕王阁序》事之类。）

张竹坡曰：此等事，必须无意中方做得来。

陆云士曰：心斋所著得意之书颇多，不止一打快活林、一打景阳冈称快意矣。

弟木山曰：兄若打中山狼，更极快意。

一四二

春风如酒，夏风如茗，秋风如烟，如姜芥。

许筠庵曰：所以秋风客气味狠辣。

张竹坡曰：安得东风夜夜来！

一四三

冰裂纹极雅，然宜细不宜肥。若以之作窗栏，殊不耐观也。（冰裂纹须分大小，先作大冰裂，再于每大块之中作小冰裂，方佳。）

江含徵曰：此便是哥窑纹也。

靳熊封曰："一片冰心在玉壶"，可以移赠。

一四四

鸟声之最佳者，画眉第一，黄鹂、百舌次之。然黄鹂、百舌，世未有笼而畜之者，其殆高士之俦，可闻而不可屈者耶？

江含徵曰：又有“打起黄莺儿”者，然则亦有时用他不著。

陆云士曰：“黄鹂住久浑相识，欲别频啼四五声。”来去有情，正不必笼而畜之也。

一四五

不治生产，其后必致累人；专务交游，其后必致累己。

杨圣藻曰：晨钟夕磬，发人深省。

冒巢民曰：若在我，虽累己、累人，亦所不悔。

宗子发曰：累己犹可，若累人则不可矣。

江含徵曰：今之人未必肯受你累，还是自家稳些的好。

一四六

昔人云：妇人识字，多致诲淫。予谓此非识字之过也。盖识字则非无闻之人，其淫也，人易得而知耳。

张竹坡曰：此名士持身，不可不加谨也。

李若金曰：贞者识字愈贞，淫者不识字亦淫。

一四七

善读书者，无之而非书：山水亦书也，棋酒亦书也，花月亦书也；善游山水者，无之而非山水：书史亦山水也，诗酒亦山水也，花月亦山水也。

陈鹤山曰：此方是真善读书人、善游山水人。

黄交三曰：善于领会者，当作如是观。

江含徵曰：五更卧被，时有无数山水、书籍在眼前、胸中。

尤悔庵曰：山耶，水耶，书耶，一而二,二而三,三而一者也。

陆云士曰：妙舌如环，真慧业文人之语。

一四八

园亭之妙，在丘壑布置，不在雕绘琐屑。往往见人家园亭屋脊墙头，雕砖镂瓦，非不穷极工巧，然未久即坏，坏后极难修葺，是何如朴素之为佳乎？

江含徵曰：世间最令人神怆者，莫如名园雅墅。一经颓废，风台月榭埋没荆棘，故昔之贤达有不欲置别业者。予尝过琴虞，留题名园，有句云：而今绮砌雕栏在，剩与园丁作业钱。盖伤之也。

弟木山曰：予尝悟作园亭与作光棍二法。园亭之善，在多回廊；光棍之恶，在能结讼。

一四九

清宵独坐，邀月言愁；良夜孤眠，呼蛩语恨。

袁士旦曰：令我百端交集。

黄孔植曰：此逆旅无聊之况，心斋亦知之乎！

一五〇

官声采于舆论。豪右之口，与寒乞之口，俱不得其真；花案定于成心。艳媚之评，与寝陋之评，概恐失其实。

黄九烟曰：先师有言："不如乡人之善者好之，其不善者恶之。"

李若金曰：豪右而不讲分上，寒乞而不望推恩者，亦未尝无公论。

倪永清曰：我谓众人唾骂者，其人必有可观。

一五一

胸藏丘壑，城市不异山林；兴寄烟霞，阎浮有如蓬岛。

一五二

梧桐为植物中清品，而形家独忌之，甚且谓"梧桐大如斗，主人往外走"。若竟视为不祥之物也者。夫剪桐封弟，其为宫中之桐可知；而卜世最久者，莫过于周。俗言之不足据，类如此夫！

江含徵曰：爱碧梧者，遂艰于白镪。造物盖忌之，故靳之也。有何吉凶、休咎之可关！只是打秋风时，光棍样可厌耳！

尤悔庵曰："梧桐生矣，于彼朝阳"，《诗》言之矣。

倪永清曰：心斋为梧桐雪千古之奇冤，百卉俱当九顿。

一五三

多情者不以生死易心，好饮者不以寒暑改量，喜读书者不以忙闲作辍。

朱其恭曰：此三言者，皆是心斋自为写照。

王司直曰：我愿饮酒读《离骚》，至死方辍，何如？

一五四

蛛为蝶之敌国，驴为马之附庸。

周星远曰：妙论解颐，不数晋人危语、隐语。

黄交三曰：自开辟以来，未闻有此奇论。

一五五

立品须发乎宋人之道学，涉世须参以晋代之风流。

方宝臣曰：真道学，未有不风流者。

张竹坡曰：夫子自道也。

胡静夫曰：予《赠金陵前辈赵容庵》句云：文章鼎立庄骚外，杖履风流晋宋间。今当移赠山老。

倪永清曰：等闲地位，却是个双料圣人。

陆云士曰：有不风流之道学，有风流之道学；有不道学之风流，有道学之风流，毫厘千里。

一五六

古谓禽兽亦知人伦。予谓匪独禽兽也，即草木亦复有之。牡丹为王，芍药为相，其君臣也；南山之乔，北山之梓，其父子也；荆之闻分而枯，闻不分而活，其兄弟也；莲之并蒂，其夫妇也；兰之同心，其朋友也。

江含徵曰：纲常伦理，今日几于扫地，合向花木鸟兽中求之。

又曰：心斋不喜迂腐，此却有腐气。

一五七

豪杰易于圣贤，文人多于才子。

张竹坡曰：豪杰不能为圣贤，圣贤未有不豪杰。文人才子亦然。

一五八

牛与马，一仕而一隐也；鹿与豕，一仙而一凡也。

杜茶村曰：田单之火牛，亦曾效力疆场；至马之隐者，则绝无之矣。若武王归马于华山之阳，所谓“勒令致仕”者也。

张竹坡曰：“莫与儿孙作马牛”，盖为后人审出处语也。

一五九

古今至文，皆血泪所成。

吴晴岩曰：山老《清泪痕》一书，细看皆是血泪。

江含徵曰：古今恶文，亦纯是血。

一六〇

情之一字，所以维持世界；才之一字，所以粉饰乾坤。

吴雨若曰：世界原从情字生出，有夫妇，然后有父子；有父子，然后有兄弟；有兄弟，然后有朋友；有朋友，然后有君臣。

释中洲曰：情与才缺一不可。

一六一

孔子生于东鲁。东者生方，故礼乐文章，其道皆自无而有；释迦生于西方。

西者死地，故受想行识，其道皆自有而无。

吴街南曰：佛游东土，佛入生方；人望西天，岂知是寻死地？呜呼，西方之人兮，之死靡他！

殷日戒曰：孔子只勉人生时用功，佛氏只教人死时作主，各自一意。

倪永清曰：盘古生于天心，故其人在不有不无之间。

一六二

有青山方有绿水，水惟借色于山；有美酒便有佳诗，诗亦乞灵于酒。

李圣许曰：有青山绿水，乃可酌美酒而咏佳诗。是诗酒又发端于山水也。

一六三

严君平以卜讲学者也，孙思邈以医讲学者也，诸葛武侯以出师讲学者也。

殷日戒曰：心斋殆又以《幽梦影》讲学者耶！

戴田友曰：如此讲学，才可称道学先生。

一六四

人则女美于男，禽则雄华于雌，兽则牝牡无分者也。

杜于皇曰：人亦有男美于女者，此尚非确论。

徐松之曰：此是茶村兴到之言，亦非定论。

一六五

镜不幸而遇嫫母，砚不幸而遇俗子，剑不幸而遇庸将，皆无可奈何之事。

杨圣藻曰：凡不幸者，皆可以此概之。

闵宾连曰：心斋案头无一佳砚，然诗、文绝无一点尘俗气。此又砚之大幸也。

曹冲谷曰：最无可奈何者，佳人定随痴汉。

一六六

天下无书则已，有则必当读；无酒则已，有则必当饮；无名山则已，有则必当游；无花月则已，有则必当赏玩；无才子佳人则已，有则必当爱慕怜惜。

弟木山曰：谈何容易！即吾家黄山，几能得一到耶？

一六七

秋虫春鸟，尚能调声弄舌，时吐好音。我辈搦管拈毫，岂可甘作鸦鸣牛喘？

吴园次曰：牛若不喘，宰相安肯问之？

张竹坡曰：宰相不问科律，而问牛喘，真是文章司命！

倪永清曰：世皆以鸦鸣牛喘为凤歌鸾唱，奈何！

一六八

媸颜陋质，不与镜为仇者，亦以镜为无知之死物耳。使镜而有知，必遭扑破矣。

江含徵曰：镜而有知，遇若辈早已回避矣。

张竹坡曰：镜而有知，必当化媸为妍。

一六九

吾家公艺，恃百忍以同居，千古传为美谈。殊不知忍而至于百，则其家庭乖戾睽隔之处，正未易更仆数也。

江含徵曰：然除了一忍，更无别法。

顾天石曰：心斋此论，先得我心。忍以治家可耳，奈何进之，高宗使忍以养成武氏之祸哉！

倪永清曰：若用“忍”字，则百犹嫌少。否则以“剑”字处之，足矣。或曰：出家二字，足以处之。

王安节曰：惟其乖戾睽隔，是以要忍。

一七〇

九世同居，诚为盛事，然止当与割股、庐墓者作一例看。可以为难矣，不可以为法也，以其非中庸之道也。

洪去芜曰：古人原有父子异宫之说。

沈契掌曰：必居天下之广居而后可。

一七一

作文之法：意之曲折者，宜写之以显浅之词；理之显浅者，宜运之以曲折之笔；题之熟者，参之以新奇之想；题之庸者，深之以关系之论。至于窘者舒之使长，缛者删之使简，俚者文之使雅，闹者摄之使静，皆所谓裁制也。

陈康畴曰：深得作文三昧语。

张竹坡曰：所谓节制之师。

王丹麓曰：文家秘旨，和盘托出，有功作者不浅。

一七二

笋为蔬中尤物，荔枝为果中尤物，蟹为水族中尤物，酒为饮食中尤物，月为天文中尤物，西湖为山水中尤物，词曲为文字中尤物。

张南村曰：《幽梦影》可为书中尤物。

陈鹤山曰：此一则又为《幽梦影》中尤物。

一七三

买得一本好花，犹且爱怜而护惜之，矧其为解语花乎？

周星远曰：性至之语，自是君身有仙骨，世人那得知其故耶？

石天外曰：此一副心，令我念佛数声。

李若金曰：花能解语，而落于粗恶武夫，或遭狮吼戕贼，虽欲爱护，何可得？

王司直曰：此言是恻隐之心，即是是非之心。

一七四

观手中便面，足以知其人之雅俗，足以识其人之交游。

李圣许曰：今人以笔资丐名人书画，名人何尝与之交游？吾知其手中便面虽雅，而其人则俗甚也。心斋此条，犹非定论。

毕嵎谷曰：人苟肯以笔资丐名人书画，则其人犹有雅道存焉。世固有并不爱此道者。

钱目天曰：二语皆然。

一七五

水为至污之所会归，火为至污之所不到。若变不洁为至洁，则水火皆然。

江含徵曰：世间之物，宜投诸水火者不少，盖喜其变也。

一七六

貌有丑而可观者，有虽不丑而不足观者；文有不通而可爱者，有虽通而极可厌者。此未易与浅人道也。

陈康畴曰：相马于牝牡骊黄之外者，得之矣。

李若金曰：究竟可观者必有奇怪处，可爱者必无大不通。

梅雪坪曰：虽通而可厌，便可谓之不通。

一七七

游玩山水亦复有缘，苟机缘未至，则虽近在数十里之内，亦无暇到也。

张南村曰：予晤心斋时，询其曾游黄山否，心斋对以未游，当是机缘未至耳。

陆云士曰：余慕心斋者十年，今戊寅之冬始得一面，身到黄山恨其晚，而正未晚也。

一七八

贫而无谄，富而无骄，古人之所贤也；贫而无骄，富而无谄，今人之所少也。

足以知世风之降矣。

许耒庵曰：战国时已有贫贱骄人之说矣。

张竹坡曰：有一人一时，而对此谄对彼骄者，更难。

一七九

昔人欲以十年读书，十年游山，十年检藏。予谓检藏尽可不必十年，只二三载足矣。若读书与游山，虽或相倍蓰，恐亦不足以偿所愿也。必也如黄九烟前辈之所云“人生必三百岁”，而后可乎？

江含徵曰：昔贤原谓尽则安能，但身到处莫放过耳。

孙松坪曰：吾乡李长蘅先生，爱湖上诸山，有“每个峰头住一年”之句，然则黄九烟先生所云犹恨其少。

张竹坡曰：今日想来，彭祖反不如马迁。

一八〇

宁为小人之所骂，毋为君子之所鄙；宁为盲主司之所摈弃，毋为诸名宿之所不知。

陈康畴曰：世之人自今以后，慎毋骂心斋也。

江含徵曰：不独骂也，即打亦无妨，但恐鸡肋不足以安尊拳耳。

张竹坡曰：后二句足少平吾恨。

李若金曰：不为小人所骂，便是乡愿；若为君子所鄙，断非佳士。

一八一

傲骨不可无，傲心不可有。无傲骨则近于鄙夫，有傲心不得为君子。

吴街南曰：立君子之侧，骨亦不可傲；当鄙夫之前，心亦不可不傲。

石天外曰：道学之言，才人之笔。

庞笔奴曰：现身说法，真实妙谛。

一八二

蝉为虫中之夷齐，蜂为虫中之管晏。

崔青峙曰：心斋可谓虫中之董狐。

吴镜秋曰：蚊是虫中酷吏，蝇是虫中游客。

一八三

曰痴、曰愚、曰拙、曰狂，皆非好字面，而人每乐居之。曰奸、曰黠、曰强、曰佞反是，而人每不乐居之，何也？

江含徵曰：有其名者无其实，有其实者避其名。

一八四

唐虞之际，音乐可感鸟兽，此盖唐虞之鸟兽，故可感耳。若后世之鸟兽，恐未必然。

洪去芜曰：然则鸟兽亦随世道为升降耶？

陈康畴曰：后世之鸟兽，应是后世之人所化身，即不无升降，正未可知。

石天外曰：鸟兽自是可感，但无唐虞音乐耳。

毕右万曰：后世之鸟兽，与唐虞无异，但后世之人迥不同耳。

一八五

痛可忍，而痒不可忍；苦可耐，而酸不可耐。

陈康畴曰：余见酸子偏不耐苦。

张竹坡曰：是痛痒关心语。

余香祖曰：痒不可忍，须倩麻姑搔背。

释牧堂曰：若知痛痒，辨苦酸，便是居士悟处。

一八六

镜中之影，着色人物也；月下之影，写意人物也。镜中之影，钩边画也；月下之影，没骨画也。月中山河之影，天文中地理也；水中星月之象，地理中天文也。

恽叔子曰：绘空镂影之笔。

石天外曰：此种着色写意，能令古今善画人一齐搁笔。

沈契掌曰：好影子俱被心斋先生画着。

一八七

能读无字之书，方可得惊人妙句；能会难通之解，方可参最上禅机。

黄交三曰：山老之学，从悟而入，故常有彻天彻地之言。

一八八

若无诗酒，则山水为具文；若无佳丽，则花月皆虚设。

一八九

才子而美姿容，佳人而工著作，断不能永年者，匪独为造物之所忌。盖此种原不独为一时之宝，乃古今万世之宝，故不欲久留人世，以取亵耳。

郑破水曰：千古伤心，同声一哭。

王司直曰：千古伤心者，读此可以不哭矣。

一九〇

陈平封“曲逆侯”,《史》《汉》注皆云:“音去遇。”予谓此是北人土音耳。若南人四音俱全,似仍当读作本音为是。(北人于唱曲之“曲”,亦读如“去”字。)

孙松坪曰:曲逆,今完县也。众水潆洄,势曲而流逆。予尝为土人订之。心斋重发吾覆矣。

一九一

古人四声俱备,如“六”、“国”二字,皆入声也。今梨园演苏秦剧,必读“六”为“溜”,读“国”为“鬼”,从无读入声者。然考之《诗经》,如“良马六之”,“无衣六兮”之类,皆不与去声协,而协祝、告、燠。“国”字皆不与上声协,而协入、陌、质韵。则是古人似亦有入声,未必尽读“六”为“溜”,读“国”为“鬼”也。

弟木山曰:梨园演苏秦,原不尽读“六国”为“溜鬼”。大抵以曲调为别。若曲是南调,则仍读入声也。

一九二

闲人之砚固欲其佳,而忙人之砚尤不可不佳;娱情之妾固欲其美,而广嗣之妾亦不可不美。

江含徵曰:砚美下墨,可也;妾美招妒,奈何?

张竹坡曰:妨在妾,不在美。

一九三

如何是独乐乐?曰鼓琴。如何是与人乐乐?曰弈棋。如何是与众乐乐?曰马吊。

蔡铉升曰:独乐乐,与人乐乐,孰乐?曰:不若与人。与少乐乐,与众乐乐,孰乐?曰:不若与少。

王丹麓曰:我与蔡君异,独畏人为鬼阵,见则必乱其局而后已。

一九四

不待教而为善为恶者,胎生也;必待教而后为善为恶者,卵生也;偶因一事之感触,而突然为善为恶者,湿生也。(如周处、戴渊之改过,李怀光反叛之类。)前后判若两截,究非一日之故者,化生也。(如唐玄宗、卫武公之类。)

一九五

凡物皆以形用，其以神用者，则镜也，符印也，日晷也，指南针也。

袁中江曰：凡人皆以形用，其以神用者，圣贤也、仙也、佛也。

黄虞外士曰：凡物之用皆形，而其所以然者，神也。镜凸凹而易其肥瘦，符印以专一而主其神机，日晷以恰当而定准则，指南以灵动而活其针缝。是皆神而明之。存乎人矣。

一九六

才子遇才子，每有怜才之心；美人遇美人，必无惜美之意。我愿来世托生为绝代佳人，一反其局而后快。

陈鹤山曰：谚云：鲍老当筵笑郭郎，笑他舞袖太郎当。若教鲍老当筵舞，转更郎当舞袖长。则为之奈何？

郑蕃修曰：俟心斋来世为佳人时再议。

余湘客曰：古亦有我见犹怜者。

倪永清曰：再来时，不可忘却。

一九七

予尝欲建一无遮大会，一祭历代才子，一祭历代佳人。俟遇有真正高僧，即当为之。

顾天石曰：君若果有此盛举，请迟至二三十年之后，则我亦可以拜领盛情也。

释中洲曰：我是真正高僧，请即为之，何如？不然，则此二种沉魂滞魄，何日而得解脱耶？

江含徵曰：折柬虽具，而未有定期，则才子佳人亦复怨声载道。

又曰：我恐非才子而冒为才子，非佳人而冒为佳人，虽有十万八千母陀罗臂，亦不能具香厨法膳也。心斋以为然否？

释远峰曰：中洲和尚，不得夺我施主。

一九八

圣贤者，天地之替身。

石天外曰：此语大有功名教，敢不伏地拜倒？

张竹坡曰：圣贤者，乾坤之帮手也。

一九九

天极不难做，只须生仁人、君子、有才德者，二三十人足矣。君一、相一、冢宰一，及诸路总制、抚军是也。

黄九烟曰：吴歌有云：做天切莫做四月天。可见天亦有难做之时。

江含徵曰：天若好做，又不须女娲氏补之。

尤谨庸曰：天不做天，只是做梦，奈何，奈何。

倪永清曰：天若都生善人，君相皆当袖手，便可无为而治。

陆云士曰：极诞极奇之话，极真极确之话。

二〇〇

掷升官图，所重在德，所忌在赃。何一登仕版，辄与之相反耶？

江含徵曰：所重在德，不过是要赢几文钱耳。

沈契掌曰：仕版原与纸版不同。

二〇一

动物中有三教焉：蛟龙麟凤之属，近于儒者也；猿狐鹤鹿之属，近于仙者也；狮子牯牛之属，近于释者也。植物中有三教焉；竹梧兰蕙之属，近于儒者也；蟠桃老桂之属，近于仙者也；莲花葡萄之属，近于释者也。

顾天石曰：请高唱《西厢》一句："一个通彻三教九流。"

石天外曰：众人碌碌，动物中蜉蝣而已。世人峥嵘，植物中荆棘而已。

二〇二

佛氏云："日月在须弥山腰。"果尔则日月必是绕山横行而后可。苟有升有降，必为山巅所碍矣。又云："地上有阿耨达池，其水四出，流入诸印度。"又云："地轮之下为水轮，水轮之下为风轮，风轮之下为空轮。"余谓此皆喻言人身也：须弥山喻人首，日月喻两目，池水四出喻血脉流通，地轮喻此身，水为便溺，风为泄气。此下则无物矣。

释远峰曰：却被此公道破。

毕右万曰：乾坤交后，有三股大气，一呼吸，二盘旋，三升降。呼吸之气，在八卦为震巽，在天地为风雷、为海潮，在人身为鼻息。盘旋之气，在八卦为坎离，在天地为日月，在人身为两目，为指尖、发顶罗纹，在草木为树节、蕉心。升降之气，在八卦为艮兑，在天地为山泽，在人身为髓液便溺，为头颅肚腹，在草木为花叶之萌凋，为树梢之向天、树根之入地。知此，而寓言之出于二氏者，皆可类推而悟。

二〇三

苏东坡和陶诗尚遗数十首，予尝欲集坡句以补之，苦于韵之弗备而止。

如《责子》诗中："不识六与七，但觅梨与栗。""七"字、"栗"字，皆无其韵也。

二〇四

予尝偶得句，亦殊可喜，惜无佳对，遂未成诗。其一为"枯叶带虫飞"，其一为"乡月大于城"。姑存之以俟异日。

二〇五

"空山无人，水流花开"二句，极琴心之妙境。"胜固欣然，败亦可喜"二句，极手谈之妙境。"帆随湘转，望衡九面"二句，极泛舟之妙境。"胡然而天，胡然而帝"二句，极美人之妙境。

二〇六

镜与水之影，所受者也；日与灯之影，所施者也。月之有影，则在天者为受，而在地者为施也。

郑破水曰：受、施二字，深得阴阳之理。

庞天池曰：幽梦之影，在心斋为施，在笔奴为受。

二〇七

水之为声有四：有瀑布声，有流泉声，有滩声，有沟浍声。风之为声有三：有松涛声，有秋叶声，有波浪声。雨之为声有二：有梧叶、荷叶上声，有承檐溜竹筒中声。

弟木山曰：数声之中，惟水声最为可厌，以其无已时，甚聒人耳也。

二〇八

文人每好鄙薄富人，然于诗文之佳者，又往往以金玉珠玑锦绣誉之，则又何也？

陈鹤山曰：犹之富贵家张山臞野老落木荒村之画耳。

江含徵曰：富人嫌其悭且俗耳，非嫌其珠玉绣也。

张竹坡曰：不文虽穷可鄙，能文虽富可敬。

陆云士曰：竹坡之言是真公道说话。

李若金曰：富人之可鄙者在吝，或不好史书，或畏交游，或趋炎热而轻忽寒士。若非然者，则富翁大有裨益人处，何可少之？

二〇九

能闲世人之所忙者，方能忙世人之所闲。

二一〇

先读经，后读史，则论事不谬于圣贤；既读史，复读经，则观书不徒为章句。

黄交三曰：宋儒语录中不可多得之句。

陆云士曰：先儒著书法累牍连章，不若心斋数言道尽。

王宓草曰：妄论经史者，还宜退而读经。

二一一

居城市中，当以画幅当山水，以盆景当苑囿，以书籍当友朋。

周星远曰：究是心斋，偏重独乐乐。

王司直曰：心斋先生置身于画中矣。

二一二

乡居须得良朋始佳，若田夫樵子，仅能辨五谷而测晴雨，久且数未免生厌矣。而友之中，又当以能诗为第一，能谈次之，能画次之，能歌又次之，解觞政者又次之。

江含徵曰：说鬼话者又次之。

殷日戒曰：奔走于富贵之门者，自应以善说鬼话为第一，而诸客次之。

倪永清曰：能诗者必能说鬼话。

陆云士曰：三说递进，愈转愈妙，滑稽之雄。

二一三

玉兰，花中之伯夷也。（高而且洁。）葵，花中之伊尹也。（倾心向日。）莲，花中之柳下惠也。（污泥不染。）鹤，鸟中之伯夷也。（仙品。）鸡，鸟中之伊尹也。（司晨。）莺，鸟中之柳下惠也。（求友。）

二一四

无其罪而虚受恶名者，蠹鱼也。（蛀书之虫另是一种，其形如蚕蛹而差小。）有其罪而恒逃清议者，蜘蛛也。

张竹坡曰：自是老吏断狱。

李若金曰：予尝有除蛛网说，则讨之未尝无人。

二一五

臭腐化为神奇，酱也、腐乳也、金汁也；至神奇化为臭腐，则是物皆然。

袁中江曰：神奇不化臭腐者，黄金也，真诗文也。

王司直曰：曹操、王安石文字，亦是神奇出于臭腐。

二一六

黑与白交，黑能污白，白不能掩黑；香与臭混，臭能胜香，香不能敌臭。此君子小人相攻之大势也。

弟木山曰：人必喜白而恶黑，黜臭而取香，此又君子必胜小人之理也。理在，又乌论乎势？

石天外曰：余尝言于黑处着一些白，人必惊心骇目，皆知黑处有白；于白处着一些黑，人亦必惊心骇目，以为白处有黑。甚矣，君子之易于形短，小人之易于见长，此不虞之誉、求全之毁由来也。读此慨然。

倪永清曰：当今以臭攻臭者不少。

二一七

耻之一字，所以治君子；痛之一字，所以治小人。

张竹坡曰：若使君子以耻治小人，则有耻且格；小人以痛报君子，则尽忠报国。

二一八

镜不能自照，衡不能自权，剑不能自击。

倪永清曰：诗不能自传，文不能自誉。

庞天池曰：美不能自见，恶不能自掩。

二一九

古人云："诗必穷而后工。"盖穷则语多感慨，易于见长耳。若富贵中人，既不可忧贫叹贱，所谈者不过风云月露而已，诗安得佳？苟思所变，计惟有出游一法，即以所见之山川、风土、物产、人情，或当疮痍兵燹之余，或值旱涝灾祲之后，无一不可寓之诗中。借他人之穷愁，以供我之咏叹，则诗亦不必待穷而后工也。

张竹坡曰：所以郑监门《流民图》独步千古。

倪永清曰：得意之游，不暇作诗；失意之游，不能作诗。苟能以无意游之，则眼光识力，定是不同。

尤悔庵曰：世之穷者多而工诗者少，诗亦不任受过也。

浮生六记

卷一　闺房记乐

余生乾隆癸未冬十一月二十有二日，正值太平盛世，且在衣冠之家，居苏州沧浪亭畔，天之厚我，可谓至矣。东坡云："事如春梦了无痕。"苟不记之笔墨，未免有辜彼苍之厚。因思《关雎》冠三百篇之首，故列夫妇于首卷，余以次递及焉。所愧少年失学，稍识"之无"，不过记其实情实事而已。若必考订其文法，是责明于垢鉴矣。

余幼聘金沙于氏，八龄而夭。娶陈氏。陈名芸，字淑珍，舅氏心余先生女也。生而颖慧，学语时，口授《琵琶行》，即能成诵。四龄失怙，母金氏，弟克昌，家徒壁立。芸既长，娴女红，三口仰其十指供给，克昌从师，脩脯无缺。一日，于书簏中得《琵琶行》，挨字而认，始识字。刺绣之暇，渐通吟咏，有"秋侵人影瘦，霜染菊花肥"之句。余年十三，随母归宁，两小无嫌，得见所作，虽叹其才思隽秀，窃恐其福泽不深，然心注不能释，告母曰："若为儿择妇，非淑姊不娶。"母亦爱其柔和，即脱金约指缔姻焉。此乾隆乙未七月十六日也。

是年冬，值其堂姊出阁，余又随母往。芸与余同齿而长余十月，自幼姊弟相呼，故仍呼之曰淑姊。时但见满室鲜衣，芸独通体素淡，仅新其鞋而已。见其绣制精巧，询为己作，始知其慧心不仅在笔墨也。其形削肩长项，瘦不露骨，眉弯目秀，顾盼神飞，唯两齿微露，似非佳相。一种缠绵之态，令人之意也消。索观诗稿，有仅一联，或三四句，多未成篇者，询其故，笑曰："无师之作，愿得知己堪师者敲成之耳。"余戏题其签曰"锦囊佳句"。不知夭寿之机，此已伏矣。

是夜，送亲城外，返已漏三下，腹饥索饵，婢妪以枣脯进，余嫌其甜。芸暗牵余袖，随至其室，见藏有暖粥并小菜焉。余欣然举箸，忽闻芸堂兄玉衡呼曰："淑妹速来！"芸急闭门曰："已疲乏，将卧矣。"玉衡挤身而入，见余将吃粥，乃笑睨芸曰："顷我索粥，汝曰'尽矣'，乃藏此专待汝婿耶？"芸大窘避去，上下哗笑之。余亦负气，挈老仆先归。

自吃粥被嘲，再往，芸即避匿，余知其恐贻人笑也。至乾隆庚子正月二十二日花烛之夕，见瘦怯身材依然如昔，头巾既揭，相视嫣然。合卺后，并肩夜膳，余暗于案下握其腕，暖尖滑腻，胸中不觉怦怦作跳。让之食，适逢斋期，已数年矣。暗计吃斋之初，正余出痘之期，因笑谓曰："今我光鲜无恙，姊可从此开戒否？"芸笑之以目，点之以首。

廿四日，为余姊于归。廿三国忌，不能作乐，故廿二之夜，即为余姊款嫁，芸出堂陪宴，余在洞房与伴娘对酌，拇战辄北，大醉而卧，醒则芸正晓妆未竟也。是日亲朋络绎，上灯后始作乐。廿四子正，余作新舅送嫁，丑末归来，业已灯残人静，悄然入室，伴妪盹于床下，芸卸妆尚未卧，高烧银烛，低垂粉颈，不知观何书而出神若此，因抚其肩曰："姊连日辛苦，何犹孜孜不倦耶？"芸忙回首起立曰："顷正欲卧，开橱得此书，不觉阅之忘倦。《西厢》之名闻之熟矣，今始得见，真不愧才子之名，但未免形容尖薄耳。"余笑曰："唯其才子，笔墨方能尖薄。"伴妪在旁促卧，令其闭门先去。遂与比肩调笑，恍同密友重逢。戏探其怀，亦怦怦作跳，因俯其耳曰："姊何心春乃尔耶？"芸回眸微笑，便觉一缕情丝摇人魂魄，拥之入帐，不知东方之既白。

芸作新妇，初甚缄默，终日无怒容，与之言，微笑而已。事上以敬，处下以和，井井然未尝稍失。每见朝暾上窗，即披衣急起，如有人呼促者然。余笑曰："今非吃粥比矣，何尚畏人嘲耶？"芸曰："曩之藏粥待君，传为话柄，今非畏嘲，恐堂上道新娘懒惰耳。"余虽恋其卧而德其正，因亦随之早起。自此耳鬓相磨，亲同形影，爱恋之情有不可以言语形容者。

而欢娱易过，转睫弥月。时吾父稼夫公在会稽幕府，专役相迓，受业于武林赵省斋先生门下。先生循循善诱，余今日之尚能握管，先生力也。归来完姻时，原订随侍到馆。闻信之余，心甚怅然。恐芸之对人堕泪，而芸反强颜劝勉，代整行装，是晚但觉神色稍异而已。临行，向余小语曰："无人调护，自去经心！"及登舟解缆，正当桃李争研之候，而余则恍同林鸟失群，天地异色。到馆后，吾父即渡江东去。

居三月，如十年之隔。芸虽时有书来，必两问一答，半多勉励词，余皆浮套语，心殊怏怏。每当风生竹院，月上蕉窗，对景怀人，梦魂颠倒。先生知其情，即致书吾父，出十题而遣余暂归，喜同成人得赦。登舟后，反觉一刻如年。及抵家，吾母处问安毕，入房，芸起相迎，握手未通片语，而两人魂魄恍恍然化烟成雾，觉耳中惺然一响，不知更有此身矣。

时当六月，内室炎蒸，幸居沧浪亭爱莲居西间壁，板桥内一轩临流，名曰“我取”，取“清斯濯缨，浊斯濯足”意也。檐前老树一株，浓阴覆窗，人面俱绿，隔岸游人往来不绝。此吾父稼夫公垂帘宴客处也。禀命吾母，携芸消夏于此。因暑罢绣，终日伴余课书论古，品月评花而已。芸不善饮，强之可三杯，教以射覆为令。自以为人间之乐，无过于此矣。

一日，芸问曰：“各种古文，宗何为是？”余曰：“《国策》《南华》取其灵快，匡衡、刘向取其雅健，史迁、班固取其博大，昌黎取其浑，柳州取其峭，庐陵取其宕，三苏取其辩，他若贾、董策对，庾、徐骈体，陆贽奏议，取资者不能尽举，在人之慧心领会耳。”芸曰：“古文全在识高气雄，女子学之恐难入彀，唯诗之一道，妾稍有领悟耳。”余曰：“唐以诗取士，而诗之宗匠，必推李、杜，卿爱宗何人？”芸发议曰：“杜诗锤炼精纯，李诗潇洒落拓，与其学杜之森严，不如学李之活泼。”余曰：“工部为诗家之大成，学者多宗之，卿独取李，何也？”芸曰：“格律谨严，词旨老当，诚杜所独擅。但李诗宛如姑射仙子，有一种落花流水之趣，令人可爱。非杜亚于李，不过妾之私心，宗杜心浅，爱李心深。”余笑曰：“初不料陈淑珍乃李青莲知己。”芸笑曰：“妾尚有启蒙师白乐天先生，时感于怀，未尝稍释。”余曰：“何谓也？”芸曰：“彼非作《琵琶行》者耶？”余笑曰：“异哉！李太白是知己，白乐天是启蒙师，余适字三白，为卿婿，卿与‘白’字何其有缘耶？”芸笑曰：“白字有缘，将来恐白字连篇耳。（吴音呼别字为白字）”相与大笑。余曰：“卿既知诗，亦当知赋之弃取。”芸曰：“《楚辞》为赋之祖，妾学浅费解。就汉、晋人中调高语炼，似觉相如为最。”余戏曰：“当日文君之从长卿，或不在琴而在此乎？”复相与大笑而罢。

余性爽直，落拓不羁；芸若腐儒，迂拘多礼。偶为披衣整袖，必连声道“得罪”；或递巾授扇，必起身来接。余始厌之，曰：“卿欲以礼缚我耶？《语》曰：‘礼多必诈。’”芸两颊发赤，曰：“恭而有礼，何反言诈？”余曰：“恭敬在心，不在虚文。”芸曰：“至亲莫如父母，可内敬在心而外肆狂放耶？”余曰：“前言戏之耳。”芸曰：“世间反目多由戏起，后勿冤妾，令人郁死！”余乃挽之入怀，抚慰之，始解颜为笑。自此“岂敢”、“得罪”竟成语助词矣。鸿案相庄廿有三年，年愈久而情愈密。家庭之内，或暗室相逢，窄途邂逅，必握手问曰：“何处去？”私心忒忒，如恐旁人见之者。实则同行并坐，初犹避人，久则不以为意。芸或与人坐谈，见余至，必起立偏挪其身，余就而并焉。彼此皆不觉其所以然者，始以为惭，继成不期然而然。独怪老年夫妇相视如仇者，不知何意？或曰："非如是，焉得白头偕老哉！"斯言诚然欤？

是年七夕，芸设香烛瓜果，同拜天孙于我取轩中。余镌"愿生生世世为夫妇"图章二方，余执朱文，芸执白文，以为往来书信之用。是夜，月色颇佳，俯视河中，波光如练，轻罗小扇，并坐水窗，仰见飞云过天，变态万状。芸曰："宇宙之大，同此一月，不知今日世间，亦有如我两人之情兴否？"余曰："纳凉玩月，到处有之。若品论云霞，或求之幽闺绣闼，慧心默证者，固亦不少。若夫妇同观，所品论者，恐不在此云霞耳。"未几，烛烬月沉，撤果归卧。

七月望，俗谓鬼节。芸备小酌，拟邀月畅饮。夜忽阴云如晦，芸愀然曰："妾能与君白头偕老，月轮当出。"余亦索然。但见隔岸萤光，明灭万点，梳织于柳堤蓼渚间。余与芸联句以遣闷怀，而两韵之后，逾联逾纵，想入非夷，随口乱道。芸已漱涎涕泪，笑倒余怀，不能成声矣。觉其鬓边茉莉，浓香扑鼻，因拍其背，以他词解之曰："想古人以茉莉形色如珠，故供助妆压鬓，不知此花必沾油头粉面之气，其香更可爱，所供佛手当退三舍矣。"芸乃止笑曰："佛手乃香中君子，只在有意无意间；茉莉是香中小人，故须借人之势，其香也如胁肩谄笑。"余曰："卿何远君子而近小人？"芸曰："我笑君子爱小人耳。"正话间，漏已三滴，渐见风扫云开，一轮涌出，乃大喜，倚窗对酌。酒未三杯，忽闻桥下哄然一声，如有人堕。就窗细瞩，波明如镜，不见一物，惟闻河滩有只鸭急奔声。余知沧浪亭畔素有溺鬼，恐芸胆怯，未敢即言，芸曰："噫！此声也，胡为乎来哉？"不禁毛骨皆悚。急闭窗，携酒归房，一灯如豆，罗帐低垂，弓影杯蛇，惊神未定。剔灯入帐，芸已寒热大作。余亦继之，困顿两旬。真所谓乐极灾生，亦是白头不终之兆。

中秋日，余病初愈。以芸半年新妇，未尝一至间壁之沧浪亭，先令老仆约守者勿放闲人，于将晚时，偕芸及余幼妹，一妪一婢扶焉，老仆前导，过石桥，进门折东，曲径而入。叠石成山，林木葱翠，亭在土山之巅。循级至亭心，周望极目可数里，炊烟四起，晚霞灿然。隔岸名"近山林"，为大宪行台宴集之地，时正谊书院犹未启也。携一毯设亭中，席地环坐，守者烹茶以进。少焉，一轮明月已上林梢，渐觉风生袖底，月到波心，俗虑尘怀，爽然顿释。芸曰："今日之游乐矣！若驾一叶扁舟，往来亭下，不更快哉！"时已上灯，忆及七月十五夜之惊，相扶下亭而归。吴俗，妇女是晚不拘大家小户皆出，结队而游，名曰“走月亮”。沧浪亭幽雅清旷，反无一人至者。

吾父稼夫公喜认义子，以故余异姓弟兄有二十六人。吾母亦有义女九人，九人中王二姑、俞六姑与芸最和好。王痴憨善饮，俞豪爽善谈。每集，必逐余居外，而得三女同榻，此俞六姑一人计也。余笑曰：“俟妹于归后，我当邀妹丈来，一住必十日。”俞曰：“我亦来此，与嫂同榻，不大妙耶？”芸与王微笑而已。

时为吾弟启堂娶妇，迁居饮马桥之仓米巷，屋虽宏畅，非复沧浪亭之幽雅矣。吾母诞辰演剧，芸初以为奇观。吾父素无忌讳，点演《惨别》等剧，老伶刻画，见者情动。余窥帘见芸忽起去，良久不出，入内探之，俞与王亦继至。见芸一人支颐独坐镜奁之侧，余曰：“何不快乃尔？”芸曰：“观剧原以陶情，今日之戏徒令人断肠耳。”俞与王皆笑之，余曰：“此深于情者也。”俞曰：“嫂将竟日独坐于此耶？”芸曰：“俟有可观者再往耳。”王闻言先出，请吾母点《刺梁》《后索》等剧，劝芸出观，始称快。

余堂伯父素存公早亡，无后，吾父以余嗣焉。墓在西跨塘寿山祖茔之侧，每年春日，必挈芸拜扫。王二姑闻其地有戈园之胜，请同往。芸见地下小乱石有苔纹，斑驳可观，指示余曰：“以此叠盆山，较宣州白石为古致。”余曰：“若此者恐难多得。”王曰：“嫂果爱此，我为拾之。”即向守坟者借麻袋一，鹤步而拾之。每得一块，余曰“善”，即收之；余曰“否”，即去之。未几，粉汗盈盈，拽袋返曰：“再拾则力不胜矣。”芸且拣且言曰：“我闻山果收获，必借猴力，果然。”王愤，撮十指作哈痒状，余横阻之，责芸曰：“人劳汝逸，犹作此语，无怪妹之动愤也。”归途游戈园，稚绿娇红，争妍竞媚。王素憨，逢花必折，芸叱曰：“既无瓶养，又不簪戴，多折何为？”王曰：“不知痛痒者，何害？”余笑曰：“将来罚嫁麻面多须郎，为花泄忿。”王怒余以目，掷花于地，以莲钩拨入池中，曰：“何欺侮我之甚也！”芸笑解之而罢。

芸初缄嘿，喜听余议论。余调其言，如蟋蟀之用纤草，渐能发议。其每日饭必用茶泡，喜食芥卤乳腐，吴俗呼为臭乳腐，又喜食虾卤瓜。此二物，余生平所最恶者，因戏之曰：“狗无胃而食粪，以其不知臭秽；蜣螂团粪而化蝉，以其欲修高举也。卿其狗耶？蝉耶？”芸曰：“腐取其价廉而可粥可饭，幼时食惯，今至君家已如蜣螂化蝉，犹喜食之者，不忘本也。至卤瓜之味，到此初尝耳。”余曰：“然则我家系狗窦耶？”芸窘而强解曰：“夫粪，人家皆有之，要在食与不食之别耳。然君喜食蒜，妾亦强啖之。腐不敢强，瓜可掩鼻略尝，入咽当知其美。此犹无盐貌丑而德美也。”余笑曰：“卿陷我作狗耶？”芸曰：“妾作狗久矣，君试尝之。”以箸强塞余口，余掩鼻咀嚼之，似觉脆美，开鼻再嚼，竟成异味，从此亦喜食。芸以麻油加白糖少许拌卤腐，亦鲜美；以卤瓜捣烂拌卤腐，名之曰“双鲜酱”，有异味。余曰：“始恶而终好之，理之不可解也。”芸曰：“情之所钟，虽丑不嫌。”

余启堂弟妇，王虚舟先生孙女也。催妆时，偶缺珠花，芸出其纳采所受者呈吾母，婢妪旁惜之，芸曰：“凡为妇人，已属纯阴，珠乃纯阴之精，用为首饰，阳气全克矣，何贵焉？”而于破书残画，反极珍惜之，书之残缺不全者，必搜集分门汇订成帙，统名之曰“断简残编”；字画之破损者，必觅故纸粘补成幅，有破缺处，倩予全好而卷之，名曰“弃余集赏”。于女红、中馈之暇，终日琐琐，不惮烦倦。芸于破笥烂卷中，偶获片纸可观者，如得异宝。旧邻冯妪，每收乱卷卖之。

其癖好与余同，且能察眼意，懂眉语，一举一动，示之以色，无不头头是道。余尝曰：“惜卿雌而伏，苟能化女为男，相与访名山，搜胜迹，遨游天下，不亦快哉？”芸曰：“此何难，俟妾鬓斑之后，虽不能远游五岳，而近地之虎阜、灵岩，南至西湖，北至平山，尽可偕游。”余曰：“恐卿鬓斑之日，步履已难。”芸曰：“今世不能，期以来世。”余曰：“来世卿当作男，我为女子相从。”芸曰：“必得不昧今生，方觉有情趣。”余笑曰：“幼时一粥犹谈不了，若来世不昧今生，合卺之夕，细谈隔世，更无合眼时矣。”芸曰：“世传月下老人专司人间婚姻事，今生夫妇已承牵合，来世姻缘亦须仰借神力，盍绘一像祀之？”时有苕溪戚柳堤，名遵，善写人物。倩绘一像：一手挽红丝，一手携杖，悬姻缘簿，童颜鹤发，奔驰于非烟非雾中。此戚君得意笔也。友人石琢堂为题赞语于首，悬之内室。每逢朔望，余夫妇必焚香拜祷。后因家庭多故，此画竟失所在，不知落谁家矣！“他生未卜此生休”，两人痴情，果邀神鉴耶？

迁仓米巷，余颜其卧楼曰“宾香阁”，盖以芸名而取如宾意也。院窄墙高，一无可取。后有厢楼，通藏书处，开窗对陆氏废园，但有荒凉之象。沧浪风景，时切芸怀。有老妪居金母桥之东、埂巷之北，绕屋皆菜圃，编篱为门。门外有池约亩许，花光树影，错杂篱边，其地即元末张士诚王府废基也。屋西数武，瓦砾堆成土山，登其巅可远眺，地旷人稀，颇饶野趣。妪偶言及，芸神往不置，谓余曰：“自别沧浪，梦魂常绕，今不得已而思其次，其老妪之居乎？”余曰：“连朝秋暑灼人，正思得一清凉地以消长昼，卿若愿往，我先观其家。可居，即襆被而往，作一月盘桓，何如？”芸曰：“恐堂上不许。”余曰：“我自请之。”

越日至其地，屋仅二间，前后隔而为四，纸窗竹榻，颇有幽趣。老妪知余意，欣然出其卧室为赁，四壁糊以白纸，顿觉改观。于是禀知吾母，挈芸居焉。邻仅老夫妇二人，灌园为业，知余夫妇避暑于此，先来通殷勤，并钓池鱼、摘园蔬为馈。偿其价，不受；芸作鞋报之，始谢而受。时方七月，绿树阴浓，水面风来，蝉鸣聒耳。邻老又为制鱼竿，与芸垂钓于柳阴深处。日落时，登土山，观晚霞夕照，随意联吟，有“兽云吞落日，弓月弹流星”之句。少焉，月印池中，虫声四起，设竹榻于篱下。老妪报酒温饭熟，遂就月光对酌，微醺而饭。浴罢，则凉鞋蕉扇，或坐或卧，听邻老谈因果报应事。三鼓归卧，周体清凉，几不知身居城市矣。篱边倩邻老购菊，遍植之，九月花开，又与芸居十日。吾母亦欣然来观，持螯对菊，赏玩竟日。芸喜曰：“他年当与君卜筑于此，买绕屋菜园十亩，课仆妪，植瓜蔬，以供薪水。君画我绣，以为诗酒之需。布衣菜饭，可乐终身，不必作远游计也。”余深然之。今即得有境地，而知己沦亡，可胜浩叹！

离余家中里许，醋库巷有洞庭君祠，俗呼水仙庙。回廊曲折，小有园亭。每逢神诞，众姓各认一角，密悬一式之玻璃灯，中设宝座，旁列瓶几，插花陈设，以较胜负。日惟演戏，夜则参差高下，插烛于瓶花间，名曰“花照”。花光灯影，宝鼎香浮，若龙宫夜宴。司事者，或笙箫歌唱，或煮茗清谈，观者如蚁集，檐下皆设栏为限。余为众友邀去插花布置，因得躬逢其盛。归家，向芸艳称之，芸曰：“惜妾非男子，不能往。”余曰：“冠我冠，衣我衣，亦化女为男之法也。”于是散髻为辫，添扫蛾眉，加余冠，微露两鬓，尚可掩饰；服余衣，长一寸又半，于腰间折而缝之，外加马褂。芸曰：“脚下将奈何？”余曰：“坊间有蝴蝶履，大小由之，购亦极易，且早晚可代睡鞋之用，不亦善乎？”芸欣然。及晚餐后，装束既毕，效男子拱手阔步者良久，忽变卦曰：“妾不去矣，为人识出既不便，堂上闻之又不可。”余怂恿曰：“庙中司事者，谁不知我，即识出，亦不过付之一笑耳。吾母现在九妹丈家，密去密来，焉得知之。”芸揽镜自照，狂笑不已。余强挽之，悄然径去，遍游庙中，无识出为女子者。或问何人，以表弟对，拱手而已。最后至一处，有少妇幼女坐于所设宝座后，乃杨姓司事者之眷属也。芸忽趋彼通款曲，身一侧，而不觉一按少妇之肩，旁有婢媪怒而起曰：“何物狂生，不法乃尔！”余欲为措词掩饰，芸见势恶，即脱帽翘足示之曰：“我亦女子耳。”相与愕然，转怒为欢，留茶点，唤肩舆送归。

吴江钱师竹病故，吾父信归，命余往吊。芸私谓余曰：“吴江必经太湖，妾欲偕往，一宽眼界。”余曰：“正虑独行踽踽，得卿同行固妙，但无可托词耳。”芸曰：“托言归宁。君先登舟，妾当继至。”余曰：“若然，归途当泊舟万年桥下，与卿待月乘凉，以续沧浪韵事。”时六月十八日也。是日早凉，携一仆先至胥江渡口，登舟而待，芸果肩舆至。解维出虎啸桥，渐见风帆沙鸟，水天一色。芸曰：“此即所谓太湖耶？今得见天地之宽，不虚此生矣！想闺中人有终身不能见此者。”闲话未几，风摇岸柳，已抵江城。

余登岸拜奠毕，归视舟中洞然，急询舟子。舟子指曰：“不见长桥柳影下观鱼鹰捕鱼者乎？”盖芸已与船家女登岸矣。余至其后，芸犹粉汗盈盈，倚女而出神焉。余拍其肩曰：“罗衫汗透矣！”芸回首曰：“恐钱家有人到舟，故暂避之。君何回来之速也？”余笑曰：“欲捕逃耳。”于是相挽登舟，返棹至万年桥下，阳乌犹未落也。舟窗尽落，清风徐来，纨扇罗衫，剖瓜解暑。少焉，霞映桥红，烟笼柳暗，银蟾欲上，渔火满江矣。命仆至船梢，与舟子同饮。船家女名素云，与余有杯酒交，人颇不俗，招之与同坐。船头不张灯火，待月快酌，射覆为令。素云双目闪闪，听良久，曰：“觞政侬颇娴习，从未闻有斯令，愿受教。”芸即譬其言而开导之，终茫然。余笑曰：“女先生且罢论，我有一言作譬，即了然矣。”芸曰：“君若何譬之？”余曰：“鹤善舞而不能耕，牛善耕而不能舞，物性然也。先生欲反而教之，无乃劳乎？”素云笑捶余肩曰：“汝骂我耶？”芸出令曰：“只许动口，不许动手，违者罚大觥！”素云量豪，满斟一觥，一吸而尽。余曰：“动手但准摸索，不准捶人。”芸笑挽素云置余怀，曰：“请君摸索畅怀。”余笑曰：“卿非解人，摸索在有意无意间耳。拥而狂探，田舍郎之所为也。”时四鬓所簪茉莉，为酒气所蒸，杂以粉汗油香，芳馨透鼻。余戏曰：“小人臭味，充满船头，令人作恶。”素云不禁握拳连捶曰：“谁教汝狂嗅耶？”芸呼曰：“违令，罚两大觥！”素云曰：“彼又以小人骂我，不应捶耶？”芸曰：“彼之所谓小人，盖有故也。请干此，当告汝。”素云乃连尽两觥，芸乃告以沧浪旧居乘凉事。素云曰：“若然，真错怪矣，当再罚。”又干一觥。芸曰：“久闻素娘善歌，可一聆妙音否？”素即以象箸击小碟而歌。芸欣然畅饮，不觉酩酊，乃乘舆先归。余又与素云茶话片刻，步月而回。时余寄居友人鲁半舫家萧爽楼中。越数日，鲁夫人误有所闻，私告芸曰：“前日闻若婿挟两妓饮于万年桥舟中，子知之否？”芸曰：“有之，其一即我也。”因以偕游始末详告之。鲁大笑，释然而去。

乾隆甲寅七月，余自粤东归。有同伴携妾回者，曰徐秀峰，余之表妹婿也。

艳称新人之美，邀芸往观。芸他日谓秀峰曰："美则美矣，韵犹未也。"秀峰曰："然则若郎纳妾，必美而韵者乎？"芸曰："然。"从此痴心物色，而短于资。时有浙妓温冷香者，寓于吴，有咏柳絮四律，沸传吴下，好事者多和之。余友吴江张闲憨，素赏冷香，携柳絮诗索和。芸微其人而置之，余技痒而和其韵，中有"触我春愁偏婉转，撩他离绪更缠绵"之句，芸甚击节。

明年己卯秋八月五日，吾母将挈芸游虎丘，闲憨忽至曰："余亦有虎丘之游，今日特邀君作探花使者。"因请吾母先行，期于虎丘半塘相晤。拉余至冷香寓，见冷香已半老，有女名憨园，瓜期未破，亭亭玉立，真如"一泓秋水照人寒"者也。款接间，颇知文墨；有妹文园，尚雏。余此时初无痴想，且念一杯之叙，非寒士所能酬，而既入个中，私心忐忑，强为酬答。因私谓闲憨曰："余贫士也，子以尤物玩我乎？"闲憨笑曰："非也，今日有友人邀憨园答我，席主为尊客拉去，我代客转邀客，毋烦他虑也。"余始释然。

至半塘，两舟相遇，令憨园过舟叩见吾母。芸、憨相见，欢同旧识，携手登山，备览名胜。芸独爱千顷云高旷，坐赏良久。返至野芳滨，畅饮甚欢，并舟而泊。及解维，芸谓余曰："子陪张君，留憨陪妾可乎？"余诺之。返棹至都亭桥，始过船分袂。归家已三鼓，芸曰："今日得见美丽韵者矣。顷已约憨园明日过我，当为子图之。"余骇曰："此非金屋不能贮，穷措大岂敢生此妄想哉？况我两人伉俪正笃，何必外求？"芸笑曰："我自爱之，子姑待之。"

明午，憨果至。芸殷勤款接，筵中以猜枚赢吟输饮为令，终席无一罗致语。及憨园归，芸曰："顷又与密约，十八日来此结为姊妹，宜备牲牢以待。"笑指臂上翡翠钏曰："若见此钏属于憨，事必谐矣，顷已吐意，未深结其心也。"余姑听之。十八日大雨，憨竟冒雨至。入室良久，始挽手出，见余有羞色，盖翡翠钏已在憨臂矣。焚香结盟后，拟再续前饮，适憨有石湖之游，即别去。芸欣然告余曰："丽人已得，君何以谢媒耶？"余询其详，芸曰："向之秘言，恐憨意另有所属也，顷探之无他，语之曰：'妹知今日之意否？'憨曰：'蒙夫人抬举，真蓬蒿倚玉树也。但吾母望我奢，恐难自主耳，愿彼此缓图之。'脱钏上臂时，又语之曰：'玉取其坚，且有团圆不断之意，妹试笼之，以为先兆。'憨曰：'聚合之权，总在夫人也！'即此观之，憨心已得，所难必者，冷香耳，当再图之。"余笑曰："卿将效笠翁之'怜香伴'耶？"芸曰："然。"自此无日不谈憨园矣。后憨为有力者夺去，不果。芸竟以之死。

卷二　闲情记趣

余忆童稚时，能张目对日，明察秋毫。见藐小微物，必细察其纹理，故时有物外之趣。夏蚊成雷，私拟作群鹤舞空，心之所向，则或千或百，果然鹤也。昂首观之，项为之强。又留蚊于素帐中，徐喷以烟，使其冲烟飞鸣，作青云白鹤观，果如鹤唳云端，怡然称快。于土墙凹凸处、花台小草丛杂处，常蹲其身，使与台齐，定神细视，以丛草为林，以虫蚁为兽，以土砾凸者为丘，凹者为壑，神游其中，怡然自得。一日，见二虫斗草间，观之，兴正浓，忽有庞然大物拔山倒树而来，盖一癞蛤蟆也，舌一吐而二虫尽为所吞。余年幼，方出神，不觉呀然惊恐，神定，捉蛤蟆，鞭数十，驱之别院。年长思之，二虫之斗，盖图奸不从也。古语云“奸近杀”，虫亦然耶？贪此生涯，卵为蚯蚓所哈（吴俗呼阳曰卵），肿不能便，捉鸭开口哈之，婢妪偶释手，鸭颠其颈，作吞噬状，惊而大哭，传为话柄。此皆幼时闲情也。

及长，爱花成癖，喜剪盆树。识张兰坡，始精剪枝养节之法，继悟接花叠石之法。花以兰为最，取其幽香韵致也，而瓣品之稍堪入谱者，不可多得。兰坡临终时，赠余荷瓣素心春兰一盆，皆肩平心阔，茎细瓣净，可以入谱者，余珍如拱璧。值余幕游于外，芸能亲为灌溉，花叶颇茂。不二年，一旦忽萎死，起根视之，皆白如玉，且兰芽勃然，初不可解，以为无福消受，浩叹而已。事后，始悉有人欲分不允，故用滚汤灌杀也。从此誓不植兰。次取杜鹃，虽无香而色可久玩，且易剪裁，以芸惜枝怜叶，不忍畅剪，故难成树。其他盆玩皆然。

惟每年篱东菊绽，积兴成癖。喜摘插瓶，不爱盆玩。非盆玩不足观，以家无园圃，不能自植，货于市者，俱丛杂无致，故不取耳。其插花朵，数宜单，不宜双，每瓶取一二色，瓶口取阔大不取窄小，阔大者舒展，不拘五七花至三四十花，必于瓶口中一丛怒起，以不散漫、不挤轧、不靠瓶口为妙，所谓“起把宜紧”也。或亭亭玉立，或飞舞横斜，花取参差，间以花蕊，以免飞钹耍盘之病。叶取不乱，梗取不强，用针宜藏，针长宁断之，毋令针针露梗，所谓“瓶口宜清”也。视桌之大小，一桌三瓶至七瓶而止，多则眉目不分，即同市井之菊屏矣。几之高低，自三四寸至二尺五六寸而止，必须参差高下，互相照应，以气势联络为上。若中高两低，后高前低，成排对列，又犯俗所谓“锦灰堆”矣。或密或疏，或进或出，全在会心者得画意乃可。

若盆碗盘洗，用漂青松香榆皮面和油，先熬以稻灰，收成胶，以铜片按钉向上，将膏火化，粘铜片于盘碗盆洗中。俟冷，将花用铁丝扎把，插于钉上，宜偏斜取势，不可居中，更宜枝疏叶清，不可拥挤。然后加水，用碗沙少许掩铜片，使观者疑从花生于碗底方妙。

若以木本花果插瓶，剪裁之法，不能色色自觅，倩人攀折者，每不合意。必先执在手中，横斜以观其势，反侧以取其态；相定之后，剪去杂枝，以疏瘦古怪为佳；再思其梗如何入瓶，或折或曲，插入瓶口，方免背叶侧花之患。若一枝到手，先拘定其梗之直者插瓶中，势必枝乱梗强，花侧叶背，既难取态，更无韵致矣。折梗打曲之法，锯其梗之半，而嵌以砖石，则直者曲矣，如患梗倒，敲一二钉以筦之。即枫叶竹枝，乱草荆棘，均堪入选。或绿竹一竿，配以枸杞数粒，几茎细草，伴以荆棘两枝，苟位置得宜，另有世外之趣。若新栽花木，不妨歪斜取势，听其叶侧，一年后，枝叶自能向上，如树树直栽，即难取势矣。

至剪裁盆树，先取根露鸡爪者，左右剪成三节，然后起枝。一枝一节，七枝到顶，或九枝到顶。枝忌对节如肩臂，节忌臃肿如鹤膝。须盘旋出枝，不可光留左右，以避赤胸露背之病，又不可前后直出。有名双起三起者，一根而起两三树也。如根无爪形，便成插树，故不取。然一树剪成，至少得三四十年。余生平仅见吾乡万翁名彩章者，一生剪成数树。又在扬州商家见有虞山游客携送黄杨翠柏各一盆，惜乎明珠暗投，余未见其可也。若留枝盘如宝塔，扎枝曲如蚯蚓者，便成匠气矣。

点缀盆中花石，小景可以入画，大景可以入神。一瓯清茗，神能趋入其中，方可供幽斋之玩。种水仙无灵璧石，余尝以炭之有石意者代之。黄芽菜心其白如玉，取大小五七枝，用沙土植长方盘内，以炭代石，黑白分明，颇有意思。以此类推，幽趣无穷，难以枚举。如石菖蒲结子，用冷米汤同嚼喷炭上，置阴湿地，能长细菖蒲，随意移养盆碗中，茸茸可爱。以老莲子磨薄两头，入蛋壳使鸡翼之，俟雏成取出，用久年燕巢泥加天门冬十分之二，捣烂拌匀，植于小器中，灌以河水，晒以朝阳，花发大如酒杯，叶缩如碗口，亭亭可爱。

若夫园亭楼阁，套室回廊，叠石成山，栽花取势，又在大中见小，小中见大，虚中有实，实中有虚，或藏或露，或浅或深。不仅在“周回曲折”四字，又不在地广石多，徒烦工费。或掘地堆土成山，间以块石，杂以花草，篱用梅编，墙以藤引，则无山而成山矣。大中见小者，散漫处，植易长之竹、编易茂之梅以屏之。小中见大者，窄院之墙宜凹凸其形，饰以绿色，引以藤蔓，嵌大石，凿字作碑记形；推窗如临石壁，便觉峻峭无穷。虚中有实者，或山穷水尽处，一折而豁然开朗；或轩阁设厨处，一开而可通别院。实中有虚者，开门于不通之院，映以竹石，如有实无也；设矮栏于墙头，如上有月台而实虚也。贫士屋少人多，当仿吾乡太平船后梢之位置，再加转移。其间台级为床，前后借凑，可作三塌，间以板而裱以纸，则前后上下皆越绝，譬之如行长路，即不觉其窄矣。余夫妇寓侨扬州时，曾仿此法，屋仅两椽，上下卧室、厨灶、客座皆越绝，而绰然有余。芸曾笑曰："位置虽精，终非富贵家气象也。"是诚然欤？

余扫墓山中，检有峦纹可观之石，归与芸商曰："用油灰叠宣州石于白石盆，取色匀也。本山黄石虽古朴，亦用油灰，则黄白相间，凿痕毕露，将奈何？"芸曰："择石之顽劣者，捣末于痕处，乘湿糁之，干或色同也。"乃如其言，用宜兴窑长方盆叠起一峰：偏于左而凸于右，背作横方纹，如云林石法，巉岩凹凸，若临江石矶状；虚一角，用河泥种千瓣白萍；石上植茑萝，俗呼云松。经营数日乃成。至深秋，茑萝蔓延满山，如藤萝之悬石壁，花开正红色，白萍亦透水大放，红白相间。神游其中，如登蓬岛。置之檐下，与芸品题：此处宜设水阁，此处宜立茅亭，此处宜凿六字曰"落花流水之间"，此可以居，此可以钓，此可以眺。胸中丘壑，若将移居者然。一夕，猫奴争食，自檐而堕，连盆与架顷刻碎之。余叹曰："即此小经营，尚干造物忌耶！"两人不禁泪落。

静室焚香，闲中雅趣。芸尝以沉速等香，于饭镬蒸透，在炉上设一铜丝架，离火中寸许，徐徐烘之，其香幽韵而无烟。佛手忌醉鼻嗅，嗅则易烂；木瓜忌出汗，汗出，用水洗之；惟香圆无忌。佛手、木瓜亦有供法，不能笔宣。每有人将供妥者随手取嗅，随手置之，即不知供法者也。

余闲居，案头瓶花不绝。芸曰："子之插花能备风晴雨露，可谓精妙入神。而画中有草虫一法，盍仿而效之。"余曰："虫踯躅不受制，焉能仿效？"芸曰："有一法，恐作俑罪过耳。"余曰："试解之。"曰："虫死色不变，觅螳螂、蝉、蝶之属，以针刺死，用细丝扣虫项系花草间，整其足，或抱梗，或踏叶，宛然如生，不亦善乎？"余喜，如其法行之，见者无不称绝。求之闺中，今恐未必有此会心者矣。

余与芸寄居锡山华氏，时华夫人以两女从芸识字。乡居院旷，夏日逼人，芸教其家作活花屏法，甚妙。每屏一扇，用木梢二枝，约长四五寸，作矮条凳式，虚其中，横四挡，宽一尺许，四角凿圆眼，插竹编方眼，屏约高六七尺，用砂盆种扁豆置屏中，盘延屏上，两人可移动。多编数屏，随意遮拦，恍如绿阴满窗，透风蔽日，纡回曲折，随时可更，故曰活花屏。有此一法，即一切藤本香草，随地可用。此真乡居之良法也。

友人鲁半舫名璋，字春山，善写松柏及梅菊，工隶书，兼工铁笔。余寄居其家之萧爽楼一年有半。楼共五椽，东向，余居其三。晦明风雨，可以远眺。庭中有木樨一株，清香撩人。有廊有厢，地极幽静。移居时，有一仆一妪，并挈其小女来。仆能成衣，妪能纺绩，于是芸绣，妪绩，仆则成衣，以供薪水。余素爱客，小酌必行令。芸善不费之烹庖，瓜蔬鱼虾，一经芸手，便有意外味。同人知余贫，每出杖头钱，作竟日叙。余又好洁，地无纤尘，且无拘束，不嫌放纵。时有杨补凡，名昌绪，善人物写真；袁少迂，名沛，工山水；王星澜，名岩，工花卉翎毛，爱萧爽楼幽雅，皆携画具来。余则从之学画，写草篆，镌图章，加以润笔，交芸备茶酒供客，终日品诗论画而已。更有夏淡安、揖山两昆季，并缪山音、知白两昆季，及蒋韵香、陆橘香、周啸霞、郭小愚，华杏帆、张闲酣诸君子，如梁上之燕，自去自来。芸则拔钗沽酒，不动声色，良辰美景，不放轻过。今则天各一方，风流云散，兼之玉碎香埋，不堪回首矣！非所谓"当日浑闲事，而今尽可怜"者乎！

萧爽楼有四忌：谈官宦升迁、公廨时事、八股时文、看牌掷色，有犯必罚酒五斤。有四取：慷慨豪爽、风流蕴藉、落拓不羁、澄静缄默。长夏无事，考对为会，每会八人，每人各携青蚨二百，先拈阄，得第一者为主者，关防别座，第二者为誊录，亦就座，余作举子，各于誊录处取纸一条，盖用印章。主考出五七言各一句，刻香为限，行立构思，不准交头私语，对就后投入一匣，方许就座。各人交卷毕，誊录启匣，并录一册，转呈主考，以杜徇私。十六对中取七言三联，六联中取第一者即为后任主考，第二者为誊录，每人有两联不取者罚钱二十文，取一联者免罚十文，过限者倍罚。一场，主考得香钱百文。一日可十场，积钱千文，酒资大畅矣。惟芸议为官卷，准坐而构思。

杨补凡为余夫妇写载花小影，神情确肖。是夜月色颇佳，兰影上粉墙，别有幽致，星澜醉后兴发曰："补凡能为君写真，我能为花图影。"余笑曰："花影能如人影否？"星澜取素纸铺于墙，即就兰影，用墨浓淡图之。日间取视，虽不成画，而花叶萧疏，自有月下之趣。芸甚宝之，各有题咏。

苏城有南园、北园三处，菜花黄时，苦无酒家小饮。携盒而往，对花冷饮，殊无意味。或议就近觅饮者，或议看花归饮者，终不如对花热饮为快。众议未定。芸笑曰："明日但各出杖头钱，我自担炉火来。"众笑曰："诺。"众去，余问曰："卿果自往乎？"芸曰："非也，妾见市中卖馄饨者，其担锅、灶无不备，盍雇之而往？妾先烹调端整，到彼处再一下锅，茶酒两便。"余曰："酒菜固便矣，茶乏烹具。"芸曰："携一砂罐去，以铁叉串罐柄，去其锅，悬于行灶中，加柴火煎茶，不亦便乎？"余鼓掌称善。街头有鲍姓者，卖馄饨为业，以百钱雇其担，约以明日午后，鲍欣然允议。明日看花者至，余告以故，众咸叹服。饭后同往，并带席垫至南园，择柳阴下团坐。先烹茗，饮毕，然后暖酒烹肴。是时风和日丽，遍地黄金，青衫红袖，越阡度陌，蝶蜂乱飞，令人不饮自醉。既而酒肴俱熟，坐地大嚼，担者颇不俗，拉与同饮。游人见之莫不羡为奇想。杯盘狼藉，各已陶然，或坐或卧，或歌或啸。红日将颓，余思粥，担者即为买米煮之，果腹而归。芸问曰："今日之游乐乎？"众曰："非夫人之力不及此。"大笑而散。

贫士起居服食以及器皿房舍，宜省俭而雅洁，省俭之法曰"就事论事"。余爱小饮，不喜多菜。芸为置一梅花盒：用二寸白磁深碟六只，中置一只，外置五只，用灰漆就，其形如梅花，底盖均起凹楞，盖之上有柄如花蒂。置之案头，如一朵墨梅覆桌；启盏视之，如菜装于花瓣中，一盒六色，二三知己可以随意取食，食完再添。另做矮边圆盘一只，以便放杯箸酒壶之类，随处可摆，移掇亦便。即食物省俭之一端也。余之小帽领袜皆芸自做，衣之破者移东补西，必整必洁，色取暗淡以免垢迹，既可出客，又可家常。此又服饰省俭之一端也。初至萧爽楼中，嫌其暗，以白纸糊壁，遂亮。夏月楼下去窗，无阑干，觉空洞无遮拦。芸曰："有旧竹帘在，何不以帘代栏？"余曰："如何？"芸曰："用竹数根，黝黑色，一竖一横，留出走路，截半帘搭在横竹上，垂至地，高与桌齐，中竖短竹四根，用麻线扎定，然后于横竹搭帘处，寻旧黑布条，连横竹裹缝之。既可遮拦饰观，又不费钱。"此"就事论事"之一法也。以此推之，古人所谓竹头木屑皆有用，良有以也。夏月荷花初开时，晚含晓放，芸用小纱囊撮茶叶少许，置花心，明早取出，烹天泉水泡之，香韵尤绝。

卷三　坎坷记愁

人生坎坷，何为乎来哉？往往皆自作孽耳。余则非也，多情重诺，爽直不羁，转因之为累。况吾父稼夫公慷慨豪侠，急人之难、成人之事、嫁人之女、抚人之儿，指不胜屈，挥金如土，多为他人。余夫妇居家，偶有需用，不免典质。始则移东补西，继则左支右绌。谚云："处家人情，非钱不行。"先起小人之议，渐招同室之讥。“女子无才便是德”，真千古至言也！余虽居长而行三，故上下呼芸为“三娘”。后忽呼为“三太太”，始为戏呼，继成习惯，甚至尊卑长幼，皆以“三太太”呼之，此家庭之变机欤？

乾隆乙巳，随侍吾父于海宁官舍。芸于吾家书中附寄小函，吾父曰：“媳妇既能笔墨，汝母家信付彼司之。”后家庭偶有闲言，吾母疑其述事不当，仍不令代笔。吾父见信非芸手笔，询余曰：“汝妇病耶？”余即作札问之，亦不答。久之，吾父怒曰：“想汝妇不屑代笔耳！”迨余归，探知委曲，欲为婉剖，芸急止之曰：“宁受责于翁，勿失欢于姑也。”竟不自白。

庚戌之春，予又随侍吾父于邗江幕中，有同事俞孚亭者挈眷居焉。吾父谓孚亭曰：“一生辛苦，常在客中，欲觅一起居服役之人而不可得。儿辈果能仰体亲意，当于家乡觅一人来，庶语音相合。”孚亭转述于余，密札致芸，倩媒物色，得姚氏女。芸以成否未定，未即禀知吾母。其来也，托言邻女为嬉游者，及吾父命余接取至署，芸又听旁人意见，托言吾父素所合意者。吾母见之曰：“此邻女之嬉游者也，何娶之乎？”芸遂并失爱于姑矣。

壬子春，余馆真州。吾父病于邗江，余往省，亦病焉。余弟启堂时亦随侍。芸来书曰：“启堂弟曾向邻妇借贷，倩芸作保，现追索甚急。”余询启堂，启堂转以嫂氏为多事，余遂批纸尾曰：“父子皆病，无钱可偿，俟启弟归时，自行打算可也。”未几病皆愈，余仍往真州。芸覆书来，吾父拆视之，中述启弟邻项事，且云：“令堂以老人之病皆由姚姬而起，翁病稍痊，宜密嘱姚托言思家，妾当令其家父母到扬接取。实彼此卸责之计也。”吾父见书怒甚，询启堂以邻项事，答言不知，遂札饬余曰：“汝妇背夫借债，谗谤小叔，且称姑曰令堂，翁曰老人，悖谬之甚！我已专人持札回苏斥逐，汝若稍有人心，亦当知过！”余接此札，如闻青天霹雳，即肃书认罪，觅骑遄归，恐芸之短见也。到家述其本末，而家人乃持逐书至，历斥多过，言甚决绝。芸泣曰：“妾固不合妄言，但阿翁当恕妇女无知耳。”越数日，吾父有手谕至，曰：“我不为已甚，汝携妇别居，勿使我见，免我生气足矣。”乃寄芸于外家，而芸以母亡弟出，不愿往依族中，幸友人鲁半舫闻而怜之，招余夫妇往居其家萧爽楼。

越两载，吾父渐知始末，适余自岭南归，吾父自至萧爽楼谓芸曰：“前事我已尽知，汝盍归乎？”余夫妇欣然，仍归故宅，骨肉重圆。岂料又有憨园之孽障耶！

芸素有血疾，以其弟克昌出亡不返，母金氏复念子病没，悲伤过甚所致，自识憨园，年余未发，余方幸其得良药。而憨为有力者夺去，以千金作聘，且许养其母。佳人已属沙吒利矣！余知之而未敢言也，及芸往探始知之，归而呜咽，谓余口："初不料憨之薄情乃尔也！"余曰："卿自情痴耳，此中人何情之有哉？况锦衣玉食者，未必能安于荆钗布裙也，与其后悔，莫若无成。"因抚慰之再三。而芸终以受愚为恨，血疾大发，床席支离，刀圭无效，时发时止，骨瘦形销。不数年而逋负日增，物议日起。老亲又以盟妓一端，憎恶日甚。余则调停中立，已非生人之境矣。

芸生一女名青君，时年十四，颇知书，且极贤能，质钗典服，幸赖辛劳。子名逢森，时年十二，从师读书。余连年无馆，设一书画铺于家门之内，三日所进，不敷一日所出，焦劳困苦，竭蹶时形。隆冬无裘，挺身而过，青君亦衣单股栗，犹强曰"不寒"。因是芸誓不医药。偶能起床，适余有友人周春煦自福郡王幕中归，倩人绣《心经》一部，芸念绣经可以消灾降福，且利其绣价之丰，竟绣焉。而春煦行色匆匆，不能久待，十日告成，弱者骤劳，致增腰酸头晕之疾。岂知命薄者，佛亦不能发慈悲也！绣经之后，芸病转增，唤水索汤，上下厌之。

有西人赁屋于余画铺之左，放利债为业，时倩余作画，因识之。友人某向渠借五十金，乞余作保，余以情有难却允焉，而某竟挟资远遁。西人惟保是问，时来饶舌，初以笔墨为抵，渐至无物可偿。岁底吾父家居，西人索债，咆哮于门。吾父闻之，召余诃责曰："我辈衣冠之家，何得负此小人之债！"正剖诉间，适芸有自幼同盟姊适锡山华氏，知其病，遣人问讯。堂上误以为憨园之使，因愈怒曰："汝妇不守闺训，结盟娼妓；汝亦不思习上，滥伍小人。若置汝死地，情有不忍。姑宽三日限，速自为计，迟必首汝逆矣！"

芸闻而泣曰："亲怒如此，皆我罪孽。妾死君行，君必不忍；妾留君去，君必不舍。姑密唤华家人来，我强起问之。"因令青君扶至房外，呼华使问曰："汝主母特遣来耶，抑便道来耶？"曰："主母闻夫人卧病，本欲亲来探望，因从未登门，不敢造次，临行嘱咐：'倘夫人不嫌乡居简亵，不妨到乡调养，践幼时灯下之言。'"盖芸与同绣日，曾有疾病相扶之誓也。因嘱之曰："烦汝速归，禀知主母，于两日后放舟密来。"

其人既退，谓余曰："华家盟姊情逾骨肉，君若肯至其家，不妨同行。但儿女携之同往既不便，留之累亲又不可，必于两日内安顿之。"时余有表兄王荩臣一子名韫石，愿得青君为媳妇。芸曰："闻王郎懦弱无能，不过守成之子，而王又无成可守。幸诗礼之家，且又独子，许之可也。”余谓荩臣曰：“吾父与君有渭阳之谊，欲媳青君，谅无不允。但待长而嫁，势所不能。余夫妇往锡山后，待即禀知堂上，先为童媳。何如？”荩臣喜曰：“谨如命。”逢森亦托友人夏揖山转荐学贸易。

安顿已定，华舟适至，时庚申之腊廿五日也。芸曰：“孑然出门，不惟招邻里笑，且西人之项无着，恐亦不放，必于明日五鼓悄然而去。”余曰：“卿病中能冒晓寒耶？”芸曰：“死生有命，无多虑也。”密禀吾父，亦以为然。是夜先将半肩行李挑下船，令逢森先卧。青君泣于母侧，芸嘱曰：“汝母命苦，兼亦情痴，故遭此颠沛，幸汝父待我厚，此去可无他虑。两三年内，必当布置重圆。汝至汝家须尽妇道，勿似汝母。汝之翁姑以得汝为幸，必善视汝。所留箱笼什物，尽付汝带去。汝弟年幼，故未令知，临行时托言就医，数日即归，俟我去远告知其故，禀闻祖父可也。”旁有旧妪，即前卷中曾赁其家消暑者，愿送至乡，故是时陪侍在侧，拭泪不已。将交五鼓，暖粥共啜之。芸强颜笑曰：“昔一粥而聚，今一粥而散，若作传奇，可名《吃粥记》矣。”逢森闻声亦起，呻曰：“母何为？”芸曰：“将出门就医耳。”逢森曰：“起何早？”曰：“路远耳。汝与姊相安在家，毋讨祖母嫌。我与汝父同往，数日即归。”鸡声三唱，芸含泪扶妪，启后门将出，逢森忽大哭曰：“噫，我母不归矣！”青君恐惊人，急掩其口而慰之。当是时，余两人寸肠已断，不能复作一语，但止以“勿哭”而已。青君闭门后，芸出巷十数步，已疲不能行，使妪提灯，余背负之而行。将至舟次，几为逻者所执，幸老妪认芸为病女，余为婿，且得舟子皆华氏工人，闻声接应，相扶下船。解维后，芸始放声痛哭。是行也，其母子已成永诀矣！

华名大成，居无锡之东高山，面山而居，躬耕为业，人极朴诚。其妻夏氏，即芸之盟姊也。是日午未之交，始抵其家。华夫人已倚门而待，率两小女至舟，相见甚欢，扶芸登岸，款待殷勤。四邻妇人孺子哄然入堂，将芸环视，有相问讯者，有相怜惜者，交头接耳，满屋啾啾。芸谓华夫人曰：“今日真如渔父入桃源矣。”华曰：“妹莫笑，乡人少所见，多所怪耳。”自此相安度岁。

至元宵，仅隔两旬而芸渐能起步。是夜观龙灯于打麦场中，神情态度，渐可复元。余乃心安，与之私议曰：“我居此非计，欲他适而短于资，奈何？”芸曰：“妾亦筹之矣。君姊丈范惠来现于靖江盐公堂司会计，十年前曾借君十金，适数不敷，妾典钗凑之，君忆之耶？”余曰：“忘之矣。”芸曰：“闻靖江去此不远，君盍一往？”余如其言。

时天颇暖，织绒袍哔叽短褂，犹觉其热，此辛酉正月十六日也。是夜宿锡山客旅，赁被而卧。晨起趁江阴航船，一路逆风，继以微雨。夜至江阴江口，春寒彻骨，沽酒御寒，囊为之罄。踌躇终夜，拟卸衬衣质钱而渡。十九日北风更烈，雪势犹浓，不禁惨然泪落，暗计房资渡费，不敢再饮。正心寒股栗间，忽见一老翁草鞋毡笠负黄包，入店，以目视余，似相识者。余曰："翁非泰州曹姓耶？”答曰："然。我非公，死填沟壑矣！今小女无恙，时诵公德。不意今日相逢，何逗留于此？”盖余幕泰州时有曹姓，本微贱，一女有姿色，已许婿家，有势力者放债谋其女，致涉讼，余从中调护，仍归所许，曹即投入公门为隶，叩首作谢，故识之。余告以投亲遇雪之由，曹曰："明日天晴，我当顺途相送。”出钱沽酒，备极款洽。二十日晓钟初动，即闻江口唤渡声，余惊起，呼曹同济。曹曰："勿急，宜饱食登舟。”乃代偿房饭钱，拉余出沽。余以连日逗留，急欲赶渡，食不下咽，强啖麻饼两枚。及登舟，江风如箭，四肢发战。曹曰："闻江阴有人缢于靖，其妻雇是舟而往，必俟雇者来始渡耳。”枵腹忍寒，午始解缆。至靖，暮烟四合矣。曹曰："靖有公堂两处，所访者城内耶，城外耶？”余踉跄随其后，且行且对曰："实不知其内外也。”曹曰："然则且止宿，明日往访耳。”进旅店，鞋袜已为泥淤湿透，索火烘之，草草饮食，疲极酣睡。晨起，袜烧其半，曹又代偿房饭钱。

访至城中，惠来尚未起，闻余至，披衣出，见余状，惊曰："舅何狼狈至此？”余曰："姑勿问，有银乞借二金，先遣送我者。”惠来以番饼二圆授余，即以赠曹。曹力却，受一圆而去。余乃历述所遭，并言来意。惠来曰："郎舅至戚，即无宿逋，亦应竭尽绵力。无如航海盐船新被盗，正当盘账之时，不能挪移丰赠，当勉措番银二十圆以偿旧欠，何如？”余本无奢望，遂诺之。

留住两日，天已晴暖，即作归计。廿五日仍回华宅。芸曰："君遇雪乎？”余告以所苦。因惨然曰："雪时，妾以君为抵靖，乃尚逗留江口。幸遇曹老，绝处逢生，亦可谓吉人天相矣。”越数日，得青君信，知逢森已为揖山荐引入店，荩臣请命于吾父，择正月廿四日将伊接去。儿女之事粗能了了，但分离至此，令人终觉惨伤耳。

二月初，日暖风和，以靖江之项薄备行装，访故人胡肯堂于邗江盐署，有贡局众司事公延入局，代司笔墨，身心稍定。至明年壬戌八月，接芸书曰："病体全瘳，惟寄食于非亲非友之家，终觉非久长之策，愿亦来邗，一睹平山之胜。”余乃赁屋于邗江先春门外，临河两椽，自至华氏接芸同行。华夫人赠一小奚奴曰阿双，帮司炊爨，并订他年结邻之约。

时已十月，平山凄冷，期以春游。满望散心调摄，徐图骨肉重圆。不满月，而贡局司事忽裁十有五人，余系友中之友，遂亦散闲。芸始犹百计代余筹画，强颜慰藉，未尝稍涉怨尤。至癸亥仲春，血疾大发。余欲再至靖江作将伯之呼，芸曰：“求亲不如求友。”余曰：“此言虽是，奈友虽关切，现皆闲处，自顾不遑。”芸曰：“幸天时已暖，前途可无阻雪之虑，愿君速去速回，勿以病人为念。君或体有不安，妾罪更甚矣。”时已薪水不继，余佯为雇骡以安其心，实则囊饼徒步，且食且行。向东南，两渡叉河，约八九十里，四望无村落。至更许，但见黄沙漠漠，明星闪闪，得一土地祠，高约五尺许，环以短墙，植以双柏，因向神叩首，祝曰：“苏州沈某投亲失路至此，欲假神祠一宿，幸神怜佑。”于是移小石香炉于旁，以身探之，仅容半体。以风帽反戴掩面，坐半身于中，出膝于外，闭目静听，微风萧萧而已。足疲神倦，昏然睡去。及醒，东方已白，短墙外忽有步语声，急出探视，盖土人赶集经此也。问以途，曰；“南行十里即泰兴县城，穿城向东南，十里一土墩，过八墩即靖江，皆康庄也。”余乃反身，移炉于原位，叩首作谢而行。过泰兴，即有小车可附。申刻抵靖，投刺焉。良久，司阍者曰：“范爷因公往常州去矣。”察其辞色，似有推托，余诘之曰：“何日可归？”曰：“不知也。”余曰：“虽一年亦将待之。”阍者会余意，私问曰：“公与范爷嫡郎舅耶？”余曰：“苟非嫡者，不待其归矣。”阍者曰：“公姑待之。”越三日，乃以回靖告，共挪二十五金。

雇骡急返，芸正形容惨变，咻咻涕泣。见余归，卒然曰：“君知昨午阿双卷逃乎？倩人大索，今犹不得。失物小事，人系伊母临行再三交托，今若逃归，中有大江之阻，已觉堪虞，倘其父母匿子图诈，将奈之何？且有何颜见我盟姊？”余曰：“请勿急，卿虑过深矣。匿子图诈，诈其富有也，我夫妇两肩担一口耳，况携来半载，授衣分食，从未稍加扑责，邻里咸知。此实小奴丧良，乘危窃逃。华家盟姊赠以匪人，彼无颜见卿，卿何反谓无颜见彼耶？今当一面呈县立案，以杜后患可也。”芸闻余言，意似稍释。然自此梦中呓语，时呼“阿双逃矣”，或呼“憨何负我”，病势日以增矣。

余欲延医诊治，芸阻曰：“妾病始因弟亡母丧，悲痛过甚，继为情感，后由忿激，而平素又多过虑，满望努力做一好媳妇而不能得，以至头眩、怔忡诸症毕备，所谓病入膏肓，良医束手，请勿为无益之费。忆妾唱随二十三年，蒙君错爱，百凡体恤，不以顽劣见弃，知己如君，得婿如此，妾已此生无憾！若布衣暖，菜饭饱，一室雍雍，优游泉石，如沧浪亭、萧爽楼之处境，真成烟火神仙矣。神仙几世才能修到，我辈何人，敢望神仙耶？强而求之，致干造物之忌，即有情魔之扰。总因君太多情，妾生薄命耳！”因又呜咽而言曰：“人生百年，终归一死。今中道相离，忽焉长别，不能终奉箕帚、目睹逢森娶妇，此心实觉耿耿。”言已，泪落如豆。余勉强慰之曰：“卿病八年，恹恹欲绝者屡矣，今何忽作断肠语耶？”芸曰：“连日梦我父母放舟来接，闭目即飘然上下，如行云雾中，殆魂离而躯壳存乎？”余曰：“此神不收舍，服以补剂，静心调养，自能安痊。”芸又唏嘘曰：“妾若稍有生机一线，断不敢惊君听闻。今冥路已近，苟再不言，言无日矣。君之不得亲心，流离颠沛，皆由妾故，妾死则亲心自可挽回，君亦可免牵挂。堂上春秋高矣，妾死，君宜早归。如无力携妾骸骨归，不妨暂厝于此，待君将来可耳。愿君续德容兼备者，以奉双亲，抚我遗子，妾亦瞑目矣。”言至此，痛肠欲裂，不觉惨然大恸。余曰：“卿果中道相舍，断无再续之理，况‘曾经沧海难为水，除却巫山不是云’耳。”芸乃执余手而更欲有言，仅断续叠言“来世”二字，忽发喘口噤，两目瞪视，千呼万唤已不能言。痛泪两行，涔涔流溢。既而喘渐微，泪渐干，一灵缥缈，竟尔长逝！时嘉庆癸亥三月三十日也。当是时，孤灯一盏，举目无亲，两手空拳，寸心欲碎。绵绵此恨，曷其有极！

承吾友胡省堂以十金为助，余尽室中所有，变卖一空，亲为成殓。呜呼！芸一女流，具男子之襟怀才识。归吾门后，余日奔走衣食，中馈缺乏，芸能纤悉不介意。及余家居，惟以文字相辩析而已。卒之疾病颠连，赍恨以没，谁致之耶？余有负闺中良友，又何可胜道哉！奉劝世间夫妇，固不可彼此相仇，亦不可过于情笃。语云“恩爱夫妻不到头”，如余者，可作前车之鉴也。

回煞之期，俗传是日魂必随煞而归，故房中铺设一如生前，且须铺生前旧衣于床上，置旧鞋于床下，以待魂归瞻顾，吴下相传谓之“收眼光”。延羽士作法，先召于床而后遣之，谓之“接眚”。邗江俗例，设酒肴于死者之室。一家尽出，谓之“避眚”。以故有因避被窃者。芸娘眚期，房东因同居而出避，邻家嘱余亦设肴远避。余冀魂归一见，姑漫应之。同乡张禹门谏余曰：“因邪入邪，宜信其有，勿尝试也。”余曰：“所以不避而待之者，正信其有也。”张曰：“回煞犯煞，不利生人，夫人即或魂归，业已阴阳有间，窃恐欲见者无形可接，应避者反犯其锋耳。”时余痴心不昧，强对曰：“死生有命。君果关切，伴我何如？”张曰：“我当于门外守之，君有异见，一呼即入可也。”

余乃张灯入室，见铺设宛然，而音容已杳，不禁心伤泪涌。又恐泪眼模糊，失所欲见，忍泪睁目，坐床而待。抚其所遗旧服，香泽犹存，不觉柔肠寸断，冥然昏去。转念待魂而来，何遽睡耶？开目四观，见席上双烛，青焰荧荧，缩光如豆，毛骨悚然，通体寒栗。因摩两手擦额，细瞩之，双焰渐起，高至尺许，纸裱顶格，几被所焚。余正得借光四顾间，光忽又缩如前。此时心舂股栗，欲呼守者进观，而转念柔魂弱魄，恐为盛阳所逼，悄呼芸名而祝之，满室寂然，一无所见，既而烛焰复明，不复腾起矣。出告禹门，服余胆壮，不知余实一时情痴耳。

芸没后，忆和靖“妻梅子鹤”语，自号梅逸。权葬芸于扬州西门外之金桂山，俗呼郝家宝塔。买一棺之地，从遗言寄于此。携木主还乡，吾母亦为悲悼，青君、逢森归来，痛哭成服。启堂进言曰：“严君怒犹未息，兄宜仍往扬州，俟严君归里，婉言劝解，再当专札相招。”余遂拜母别子女，痛哭一场，复至扬州，卖画度日。因得常哭于芸娘之墓，影单形只，备极凄凉，且偶经故居，伤心惨目。重阳日，邻冢皆黄，芸墓独青，守坟者曰：“此好穴场，故地气旺也。”余暗祝曰：“秋风已紧，身尚衣单，卿若有灵，佑我图得一馆，度此残年，以待家乡信息。”未几，江都幕客章驭庵先生欲回浙江葬亲，倩余代庖三月，得备御寒之具。封篆出署，张禹门招寓其家。张亦失馆，度岁艰难，商于余，即以余资二十金倾囊借之，且告曰：“此本留为亡荆扶柩之费，一俟得有乡音，偿我可也。”是年即寓张度岁，晨占夕卜，乡音殊杳。

至甲子三月，接青君信，知吾父有病。即欲归苏，又恐触旧忿。正趑趄观望间，复接青君信，始痛悉吾父业已辞世。刺骨痛心，呼天莫及。无暇他计，即星夜驰归，触首灵前，哀号流血。呜呼！吾父一生辛苦，奔走于外。生余不肖，既少承欢膝下，又未侍药床前，不孝之罪，何可逭哉！吾母见余哭，曰：“汝何此日始归耶？”余曰：“儿之归，幸得青君孙女信也。”吾母目余弟妇，遂默然。余入幕守灵至七，终无一人以家事告，以丧事商者。余自问人子之道已缺，故亦无颜询问。

一日，忽有向余索逋者登门饶舌，余出应曰：“欠债不还，固应催索，然吾父骨肉未寒，乘凶追呼，未免太甚。”中有一人私谓余曰：“我等皆有人招之使来，公且出避，当向招我者索偿也。”余曰：“我欠我偿，公等速退！”皆唯唯而去。余因呼启堂谕之曰：“兄虽不肖，并未作恶不端，若言出嗣降服，从未得过纤毫嗣产，此次奔丧归来，本人子之道，岂为产争故耶？大丈夫贵乎自立，我既一身归，仍以一身去耳！”言已，返身入幕，不觉大恸。叩辞吾母，走告青君，行将出走深山，求赤松子于世外矣。

青君正劝阻间，友人夏南熏字淡安、夏逢泰字揖山两昆季寻踪而至，抗声谏余曰：“家庭若此，固堪动忿，但足下父死而母尚存，妻丧而子未立，乃竟飘然出世，于心安乎。”余曰：“然则如之何？”淡安曰：“奉屈暂居寒舍，闻石琢堂殿撰有告假回籍之信，盍俟其归而往谒之？其必有以位置君也。”余曰：“凶丧未满百日，兄等有老亲在堂，恐多未便。”揖山曰：“愚兄弟之相邀，亦家君意也。足下如执以为不便，四邻有禅寺，方丈僧与余交最善，足下设榻于寺中，何如？”余诺之。青君曰：“祖父所遗房产，不下三四千金，既已分毫不取。岂自己行囊亦舍去耶？我往取之，径送禅寺父亲处可也。”因是于行囊之外，转得吾父所遗图书、砚台、笔筒数件。

寺僧安置予于大悲阁。阁南向，向东设神像，隔西首一间，设月窗，紧对佛龛，本为作佛事者斋食之地。余即设榻其中，临门有关圣提刀立像，极威武。院中有银杏一株，大三抱，荫覆满阁，夜静风声如吼。揖山常携酒果来对酌，曰：“足下一人独处，夜深不寐，得无畏怖耶？”余曰：“仆一生坦直，胸无秽念，何怖之有？”居未几，大雨倾盆，连宵达旦三十余天，时虑银杏折枝，压梁倾屋。赖神默佑，竟得无恙。而外之墙坍屋倒者不可胜计，近处田禾俱被漂没。余则日与僧人作画，不见不闻。七月初，天始霁，揖山尊人号莼芗，有交易，赴崇明，偕余往，代笔书券，得二十金。归，值吾父将安葬，启堂命逢森向余曰：“叔因葬事乏用，欲助一二十金。”余拟倾囊与之，揖山不允，分帮其半。余即携青君先至墓所，葬既毕，仍返大悲阁。九月杪，揖山有田在东海永泰沙，又偕余往收其息。盘桓两月，归已残冬，移寓其家雪鸿草堂度岁。真异姓骨肉也。

乙丑七月，琢堂始自都门回籍。琢堂名韫玉，字执如，琢堂其号也，与余为总角交。乾隆庚戌殿元，出为四川重庆守。白莲教之乱，三年戎马，极著劳绩。及归，相见甚欢，旋于重九日挈眷重赴四川重庆之任，邀余同往。余即叩别吾母于九妹倩陆尚吾家，盖先君故居已属他人矣。吾母嘱曰：“汝弟不足恃，汝行须努力。重振家声，全望汝也！”逢森送余至半途，忽泪落不已，因嘱勿送而返。舟出京口，琢堂有旧交王惕夫孝廉在淮扬盐署，绕道往晤，余与偕往，又得一顾芸娘之墓。返舟由长江溯流而上，一路游览名胜。至湖北之荆州，得升潼关观察之信，遂留余与其嗣君敦夫眷属等，暂寓荆州，琢堂轻骑减从至重庆度岁，遂由成都历栈道之任。

丙寅二月，川眷始由水路往，至樊城登陆。途长费巨，车重人多，毙马折轮，备尝辛苦。抵潼关甫三月，琢堂又升山左廉访，清风两袖。眷属不能偕行，暂借潼川书院作寓。十月杪，始支山左廉俸，专人接眷。附有青君之书，骇悉逢森于四月间夭亡。始忆前之送余堕泪者，盖父子永诀也。

呜呼！芸仅一子，不得延其嗣续耶！琢堂闻之，亦为之浩叹，赠余一妾，重入春梦。从此扰扰攘攘，又不知梦醒何时耳。

卷四　浪游记快

余游幕三十年来，天下所未到者，蜀中、黔中与滇南耳。惜乎轮蹄征逐，处处随人，山水怡情，云烟过眼，不过领略其大概，不能探僻寻幽也。余凡事喜独出己见，不屑随人是非，即论诗品画，莫不存人珍我弃、人弃我取之意。故名胜所在，贵乎心得，有名胜而不觉其佳者，有非名胜而自以为妙者。聊以平生所历者记之。

余年十五时，吾父稼夫公馆于山阴赵明府幕中。有赵省斋先生名传者，杭之宿儒也。赵明府延教其子，吾父命余亦拜投门下。暇日出游，得至吼山，离城约十余里，不通陆路。近山见一石洞，上有片石横裂欲堕，即从其下荡舟入。豁然空其中，四面皆峭壁，俗名之曰“水园”。临流建石阁五椽，对面石壁有“观鱼跃”三字，水深不测，相传有巨鳞潜伏。余投饵试之，仅见不盈尺者出而唼食焉。阁后有道通旱园，拳石乱矗，有横阔如掌者，有柱石平其顶而上加大石者，凿痕犹在，一无可取。游览既毕，宴于水阁，命从者放爆竹，轰然一响，万山齐应，如闻霹雳声。此幼时快游之始。惜乎兰亭、禹陵未能一到，至今以为憾。

至山阴之明年，先生以亲老不远游，设帐于家，余遂从至杭，西湖之胜因得畅游。结构之妙，予以龙井为最，小有天园次之。石取天竺之飞来峰，城隍山之瑞石古洞。水取玉泉，以水清多鱼，有活泼趣也。大约至不堪者，葛岭之玛瑙寺。其余湖心亭、六一泉诸景，各有妙处，不能尽述，然皆不脱脂粉气，反不如小静室之幽僻，雅近天然。

苏小墓在西泠桥侧。土人指示，初仅半丘黄土而已，乾隆庚子圣驾南巡，曾一询及，甲辰春复举南巡盛典，则苏小墓已石筑其坟，作八角形，上立一碑，大书曰：“钱塘苏小小之墓。”从此吊古骚人不须徘徊探访矣。余思古来烈魄忠魂湮没不传者，固不可胜数，即传而不久者亦不为少。小小一名妓耳，自南齐至今，尽人而知之，此殆灵气所钟，为湖山点缀耶？

桥北数武有崇文书院，余曾与同学赵缉之投考其中。时值长夏，起极早，出钱塘门，过昭庆寺，上断桥，坐石阑上。旭日将升，朝霞映于柳外，尽态极妍；白莲香里，清风徐来，令人心骨皆清。步至书院，题犹未出也。午后交卷。

偕缉之纳凉于紫云洞，大可容数十人，石窍上透日光。有人设短几矮凳，卖酒于此。解衣小酌，尝鹿脯甚妙，佐以鲜菱雪藕，微酣出洞。缉之曰：“上有朝阳台，颇高旷，盍往一游？”余亦兴发，奋勇登其巅，觉西湖如镜，杭城如丸，钱塘江如带，极目可数百里。此生平第一大观也。坐良久，阳乌将落，相携下山，南屏晚钟动矣。韬光、云栖路远未到，其红门局之梅花，姑姑庙之铁树，不过尔尔。紫阳洞予以为必可观，而访寻得之，洞口仅容一指，涓涓流水而已。相传中有洞天，恨不能抉门而入。

清明日，先生春祭扫墓，挈余同游。墓在东岳，是乡多竹，坟丁掘未出土之毛笋，形如梨而尖，作羹供客。余甘之，尽其两碗。先生曰：“噫！是虽味美而克心血，宜多食肉以解之。”余素不贪屠门之嚼，至是饭量且因笋而减，归途觉烦躁，唇舌几裂。过石屋洞，不甚可观。水乐洞峭壁多藤萝，入洞如斗室，有泉流甚急，其声琅琅。池广仅三尺，深五寸许，不溢亦不竭。余俯流就饮，烦躁顿解。洞外二小亭，坐其中可听泉声。衲子请观万年缸，缸在香积厨，形甚巨，以竹引泉灌其内，听其满溢，年久结苔厚尺许，冬日不冰，故不损也。

辛丑秋八月，吾父病疟返里，寒索火，热索冰，余谏不听，竟转伤寒，病势日重。余侍奉汤药，昼夜不交睫者几一月。吾妇芸娘亦大病，恹恹在床。心境恶劣，莫可名状。吾父呼余嘱之曰：“我病恐不起，汝守数本书，终非糊口计，我托汝于盟弟蒋思斋，仍继吾业可耳。”越日思斋来，即于榻前命拜为师。未几，得名医徐观莲先生诊治，父病渐痊。芸亦得徐力起床。而余则从此习幕矣。此非快事，何记于此？曰：此抛书浪游之始，故记之。

思斋先生名襄，是年冬，即相随习幕于奉贤官舍。有同习幕者，顾姓名金鉴，字鸿干，号紫霞，亦苏州人也。为人慷慨刚毅，直谅不阿，长余一岁，呼之为兄。鸿干即毅然呼余为弟，倾心相交。此余第一知己交也，惜以二十二岁卒，余即落落寡交，今年四十六矣，茫茫沧海，不知此生再遇知己如鸿干者否？

忆与鸿干订交，襟怀高旷，时兴山居之想。重九日，余与鸿干俱在苏，有前辈王小侠与吾父稼夫公唤女伶演剧，宴客吾家。余患其扰，先一日约鸿干赴寒山登高，借访他日结庐之地。芸为整理小酒榼。

越日天将晓，鸿干已登门相邀。遂携榼出胥门，入面肆，各饱食。渡胥江，步至横塘枣市桥，雇一叶扁舟，到山日犹未午。舟子颇循良，令其籴米煮饭。余两人上岸，先至中峰寺。寺在支硎古刹之南，循道而上，寺藏深树，山门寂静，地僻僧闲，见余两人不衫不履，不甚接待，余等志不在此，未深入。归舟，饭已熟。饭毕，舟子携榼相随，嘱其子守船，由寒山至高园之白云精舍。轩临峭壁，下凿小池，围以石栏，一泓秋水，崖悬薜荔，墙积莓苔。坐轩下，惟闻落叶萧萧，悄无人迹。出门有一亭，嘱舟子坐此相候。余两人从石罅中入，名“一线天”，循级盘旋，直造其巅，曰“上白云”，有庵已坍颓，存一危楼，仅可远眺。小憩片刻，即相扶而下，舟子曰：“登高忘携酒榼矣。”鸿干曰：“我等之游，欲觅偕隐地耳，非专为登高也。”舟子曰：“离此南行二三里，有上沙村，多人家，有隙地，我有表戚范姓居是村，盍往一游？”余喜曰：“此明末徐俟斋先生隐居处也，有园闻极幽雅，从未一游。”于是舟子导往。村在两山夹道中。园依山而无石，老树多极纡回盘郁之势，亭榭窗栏尽从朴素，竹篱茅舍，不愧隐者之居。中有皂荚亭，树大可两抱。余所历园亭，此为第一。园左有山，俗呼鸡笼山，山峰直竖，上加大石，如杭城之瑞石古洞，而不及其玲珑。旁一青石加榻，鸿干卧其上曰：“此处仰观峰岭，俯视园亭，既旷且幽，可以开樽矣。”因拉舟子同饮，或歌或啸，大畅胸怀。土人知余等觅地而来，误以为堪舆，以某处有好风水相告。鸿干曰：“但期合意，不论风水。”岂意竟成谶语！酒瓶既罄，各采野菊插满两鬓。

归舟，日已将没。更许抵家，客犹未散。芸私告余曰：“女伶中有兰官者，端庄可取。”余假传母命呼之入内，握其腕而睨之，果丰颐白腻。余顾芸曰：“美则美矣，终嫌名不称实。”芸曰：“肥者有福相。”余曰：“马嵬之祸，玉环之福安在？”芸以他辞遣之出。谓余曰：“今日君又大醉耶？”余乃历述所游，芸亦神往者久之。

癸卯春，余从思斋先生就维扬之聘，始见金、焦面目。金山宜远观，焦山宜近视，惜余往来其间，未尝登眺。渡江而北，渔洋所谓“绿杨城郭是扬州”一语已活现矣！平山堂离城约三四里，行其途有八九里，虽全是人功，而奇思幻想，点缀天然，即阆苑瑶池、琼楼玉宇，谅不过此。其妙处在十余家之园亭合而为一，联络至山，气势俱贯。其最难位置处，出城八景，有一里许紧沿城郭。夫城缀于旷远重山间，方可入画，园林有此，蠢笨绝伦。而观其或亭或台，或墙或石，或竹或树，半隐半露间，使游人不觉其触目，此非胸有丘壑者断难下手。

城尽，以虹园为首，折而向北，有石梁曰“虹桥”，不知园以桥名乎？桥以园名乎？荡舟过，曰“长堤春柳”，此景不缀城脚而缀于此，更见布置之妙。再折而西，垒土立庙，曰“小金山”，有此一挡，便觉气势紧凑，亦非俗笔。闻此地本沙土，屡筑不成，用木排若干，层叠加土，费数万金乃成。若非商家，乌能如是。

过此有胜概楼，年年观竞渡于此。河面较宽，南北跨一莲花桥，桥门通八面，桥面设五亭，扬人呼为“四盘一暖锅”，此思穷力竭之为，不甚可取。桥南有莲心寺，寺中突起喇嘛白塔，金顶缨络，高矗云霄，殿角红墙，松柏掩映，钟声时闻，此天下园亭所未有者。过桥见三层高阁，画栋飞檐，五采绚烂，叠以太湖石，围以白石栏，名曰“五云多处”，如作文中间之大结构也。过此名“蜀冈朝阳”，平坦无奇，且属附会。将及山，河面渐束，堆土植竹树，作四五曲。似已山穷水尽，而忽豁然开朗，平山之万松林已列于前矣。“平山堂”为欧阳文忠公所书。所谓淮东第五泉，真者在假山石洞中，不过一井耳，味与天泉同；其荷亭中之六孔铁井栏者，乃系假设，水不堪饮。九峰园另在南门幽静处，别饶天趣，余以为诸园之冠。康山未到，不识如何。此皆言其大概，其工巧处、精美处，不能尽述。大约宜以艳妆美人目之，不可作浣纱溪上观也。余适恭逢南巡盛典，各工告竣，敬演接驾点缀，因得畅其大观，亦人生难遇者也。

甲辰之春，余随侍吾父于吴江何明府幕中，与山阴章蘋江、武林章映牧、苕溪顾霭泉诸公同事，恭办南斗圩行宫，得第二次瞻仰天颜。一日，天将晚矣，忽动归兴。有办差小快船，双舻两桨，于太湖飞棹疾驰，吴俗呼为“出水辔头”，转瞬已至吴门桥。即跨鹤腾空，无此神爽。抵家，晚餐未熟也。

吾乡素尚繁华，至此日之争奇夺胜，较昔尤奢。灯彩眩眸，笙歌聒耳，古人所谓“画栋雕甍”、“珠帘绣幕”、“玉栏干”、“锦步障”，不啻过之。余为友人东拉西扯，助其插花结彩，闲则呼朋引类，剧饮狂歌，畅怀游览，少年豪兴，不倦不疲。苟生于盛世而仍居僻壤，安得此游观哉？

是年，何明府因事被议，吾父即就海宁王明府之聘。嘉兴有刘蕙阶者，长斋佞佛，来拜吾父。其家在烟雨楼侧，一阁临河，曰“水月居”，其诵经处也，洁静如僧舍。烟雨楼在镜湖之中，四岸皆绿杨，惜无多竹。有平台可远眺，渔舟星列，漠漠平波，似宜月夜。衲子备素斋甚佳。至海宁，与白门史心月、山阴俞午桥同事。心月一子名烛衡，澄静缄默，彬彬儒雅，与余莫逆，此生平第二知心交也。惜萍水相逢，聚首无多日耳。游陈氏安澜园，地占百亩，重楼复阁，夹道回廊；池甚广，桥作六曲形；石满藤萝，凿痕全掩；古木千章，皆有参天之势；鸟啼花落，如入深山。此人功而归于天然者。余所历平地之假石园亭，此为第一。曾于桂花楼张宴，诸味尽为花气所夺，惟酱姜味不变。姜桂之性老而愈辣，以喻忠节之臣，洵不虚也。出南门即大海，一日两潮，如万丈银堤破海而过。船有迎潮者，潮至，反棹相向，于船头设一木招，状如长柄大刀，招一捺，潮即分破，船即随招而入，俄顷始浮起，拨转船头随潮而去，顷刻百里。塘上有塔院，中秋夜曾随吾父观潮于此。循塘东约三十里，名尖山，一峰突起，扑入海中，山顶有阁，匾曰“海阔天空”，一望无际，但见怒涛接天而已。

余年二十有五，应徽州绩溪克明府之召，由武林下“江山船”，过富春山，登子陵钓台。台在山腰，一峰突起，离水十余丈。岂汉时之水竟与峰齐耶？月夜泊界口，有巡检署，“山高月小，水落石出”，此景宛然。黄山仅见其脚，惜未一瞻面目。绩溪城处于万山之中，弹丸小邑，民情淳朴。近城有石镜山，由山弯中曲折一里许，悬崖急湍，湿翠欲滴；渐高至山腰，有一方石亭，四面皆陡壁；亭左石削如屏，青色光润，可鉴人形，俗传能照前生。黄巢至此，照为猿猴形，纵火焚之，故不复现。离城十里有火云洞天，石纹盘结，凹凸巉岩，如黄鹤山樵笔意，而杂乱无章，洞石皆深绛色。傍有一庵甚幽静，盐商程虚谷曾招游设宴于此。席中有肉馒头，小沙弥眈眈旁视，授以四枚，临行以番银二圆为酬，山僧不识，推不受。告以一枚可易青钱七百余文，僧以近无易处，仍不受。乃攒凑青蚨六百文付之，始欣然作谢。他日余邀同人携榼再往，老僧嘱曰：“曩者小徒不知食何物而腹泻，今勿再与。”可知藜藿之腹不受肉味，良可叹也。余谓同人曰：“作和尚者，必用此等僻地，终身不见不闻，或可修真养静。若吾乡之虎丘山，终日目所见者妖童艳妓，耳所听者弦索笙歌，鼻所闻者佳肴美酒，安得身如枯木、心如死灰哉？”

又去城三十里，名曰仁里，有花果会，十二年一举，每举各出盆花为赛。余在绩溪适逢其会，欣然欲往，苦无轿马，乃教以断竹为杠，缚椅为轿，雇人肩之而去，同游者惟同事许策廷，见者无不讶笑。至其地，有庙，不知供何神。庙前旷处高搭戏台，画梁方柱极其巍焕，近视则纸扎彩画，抹以油漆者。锣声忽至，四人抬对烛，大如断柱，八人抬一猪大若牯牛，盖公养十二年始宰以献神。策廷笑曰："猪固寿长，神亦齿利。我若为神，乌能享此。"余曰："亦足见其愚诚也。"入庙，殿廊轩院所设花果盆玩，并不剪枝拗节，尽以苍老古怪为佳，大半皆黄山松。既而开场演剧，人如潮涌而至，余与策廷遂避去。未两载，余与同事不合，拂衣归里。

余自绩溪之游，见热闹场中卑鄙之状不堪入目，因易儒为贾。余有姑丈袁万九，在盘溪之仙人塘作酿酒生涯，余与施心耕附资合伙。袁酒本海贩，不一载，值台湾林爽文之乱，海道阻隔，货积本折，不得已仍为冯妇。馆江北四年，一无快游可记。迨居萧爽楼，正作烟火神仙，有表妹倩徐秀峰自粤东归，见余闲居，慨然曰："足下待露而爨，笔耕而炊，终非久计，盍偕我作岭南游？当不仅获蝇头利也。"芸亦劝余曰："乘此老亲尚健，子尚壮年，与其商柴计米而寻欢，不如一劳永逸。"余乃商诸交游者，集资作本。芸自办绣货及岭南所无之苏酒醉蟹等物。禀知堂上，于小春十日，偕秀峰由东坝出芜湖口。

长江初历，大畅襟怀。每晚舟泊后，必小酌船头。见捕鱼者罾幂不满三尺，孔大约有四寸，铁箍四角，似取易沉。余笑曰："圣人之教虽曰'罟不用数'，而如此之大孔小罾，焉能有获？"秀峰曰："此专为网鳊鱼设也。"见其系以长绠，忽起忽落，似探鱼之有无。未几，急挽出水，已有鳊鱼枷罾孔而起矣。余始喟然曰："可知一己之见，未可测其奥妙。"一日，见江心中一峰突起，四无依倚。秀峰曰："此小孤山也。"霜林中，殿阁参差。乘风径过，惜未一游。至滕王阁，犹吾苏府学之尊经阁移于胥门之大马头，王子安序中所云不足信也。即于阁下换高尾昂首船，名"三板子"，由赣关至南安登陆。值余三十诞辰，秀峰备面为寿。越日过大庾岭，出巅一亭，匾曰"举头日近"，言其高也。山头分为二，两边峭壁，中留一道如石巷。口列两碑，一曰"急流勇退"，一曰"得意不可再往"。山顶有梅将军祠，未考为何朝人。所谓岭上梅花，并无一树，意者以梅将军得名梅岭耶？余所带送礼盆梅，至此将交腊月，已花落而叶青矣。过岭出口，山川风物便觉顿殊。岭西一山，石窍玲珑，已忘其名，舆夫曰："中有仙人床榻。"匆匆竟过，以未得游为怅。至南雄，雇老龙船，过佛山镇，见人家墙顶多列盆花，叶如冬青，花如牡丹，有大红、粉白、粉红三种，盖山茶花也。

腊月望，始抵省城，寓靖海门内，赁王姓临街楼屋三椽。秀峰货物皆销与当道，余亦随其开单拜客，即有配礼者络绎取货，不旬日而余物已尽。除夕蚊声如雷。岁朝贺节，有棉袍纱套者。不惟气候迥别，即土著人物，同一五官而神情迥异。

正月既望，有署中同乡三友拉余游河观妓，名曰"打水围"，妓名"老举"。于是同出靖海门，下小艇，如剖分之半蛋而加篷焉。先至沙面，妓船名"花艇"，皆对头分排，中留水巷以通小艇往来。每帮约一二十号，横木绑定，以防海风。两船之间，钉以木桩，套以藤圈，以便随潮涨落。鸨儿呼为"梳头婆"，头用银丝为架，高约四寸许，空其中而蟠发于外，以长耳挖插一朵花于鬓，身披元青短袄，着元青长裤，管拖脚背，腰束汗巾，或红或绿，赤足撒鞋，式如梨园旦脚。

登其艇，即躬身笑迎。搴帏入舱，旁列椅机，中设大炕，一门通艄后。妇呼有客，即闻履声杂沓而出，有挽髻者，有盘辫者，傅粉如粉墙，搽脂如榴火，或红袄绿裤，或绿袄红裤，有着短袜而撮绣花蝴蝶履者，有赤足而套银脚镯者，或蹲于炕，或倚于门，双瞳闪闪，一言不发。余顾秀峰曰:"此何为者也？"秀峰曰:"目成之后，招之始相就耳。"余试招之，果即欢容至前，袖出槟榔为敬。入口大嚼，涩不可耐，急吐之，以纸擦唇，其吐如血。合艇皆大笑。又至军工厂，妆束亦相等，惟长幼皆能琵琶而已。与之言，对曰"䛨"，䛨者何也。余曰:"少不入广者，以其销魂耳，若此野妆蛮语，谁为动心哉？"一友曰:"潮帮妆束如仙，可往一游。"至其帮，排舟亦如沙面。有著名鸨儿素娘者，妆束如花鼓妇。其粉头衣皆长领，颈套项锁，前发齐眉，后发垂肩，中挽一鬏似丫髻，裹足者着裙，不裹足者短袜，亦着蝴蝶履，长拖裤管，语音可辨。而终嫌为异服，兴趣索然。

秀峰曰:"靖海门对渡有扬帮，留吴妆，君往，必有合意者。"一友曰:"所谓扬帮者，仅一鸨儿，呼曰邵寡妇，携一媳曰大姑，系来自扬州，余皆湖广江西人也。"因至扬帮。对面两排仅十余艇，其中人物皆云鬟雾鬓，脂粉薄施，阔袖长裙，语音了了。所谓邵寡妇者，殷勤相接。遂有一友另唤酒船，大者曰"恒艛"，小者曰"沙姑艇"，作东道相邀，请余择妓。余择一雏年者，身材状貌有类余妇芸娘，而足极尖细，名喜儿。秀峰唤一妓名翠姑。余皆各有旧交。放艇中流，开怀畅饮。至更许，余恐不能自持，坚欲回寓，而城已下钥久矣。盖海疆之城，日落即闭，余不知也。及终席，有卧而吃鸦片烟者，有拥妓而调笑者，伻头各送衾枕至，行将连床开铺。余暗询喜儿："汝本艇可卧否？"对曰："有寮可居，未知有客否也。"（寮者，船艇之楼。）余曰："姑往探之。"招小艇渡至邵船，但见合帮灯火相对如长廊，寮上适无客。鸨儿笑迎曰："我知今日贵客来，故留寮以相待也。"余笑曰："姥真荷叶下仙人哉！"

遂有伻头移烛相引，由舱后梯而登。宛如斗室，旁一长榻，几案俱备。揭帘再进，即在头舱之顶，床亦旁设，中间方窗嵌以玻璃，不火而光满一室，盖对船之灯光也。衾帐镜奁，颇极华美。喜儿曰："从台可以望月。"即在梯门之上叠开一窗，蛇行而出，即后梢之顶也。三面皆设短栏，一轮明月，水阔天空。纵横如乱叶浮水者，酒船也；闪烁如繁星列天者，酒船之烛也；更有小艇梭织往来，笙歌弦索之声杂以长潮之沸，令人情为之移。余曰："少不入广，当在斯矣！"惜余妇芸娘不能偕游至此，回顾喜儿，月下依稀相似，因挽之下台，息烛而卧。天将晓，秀峰等已哄然至，余披衣起迎，皆责以昨晚之逃。余曰："无他，恐公等掀衾揭帐耳！"遂同归寓。

越数日，偕秀峰游海珠寺。寺在水中，围墙石城。四周离水五尺许有洞，设大炮以防海寇，潮长潮落，随水浮沉，不觉炮门之或高或下，亦物理之不可测者。十三洋行在幽兰门之西，结构与洋画同。对渡名花地，花木甚繁，广州卖花处也。余自以为无花不识，至此仅识十之六七，询其名有《群芳谱》所未载者，或土音之不同欤？海珠寺规模极大，山门内植榕树，大可十余抱，阴浓如盖，秋冬不凋。柱槛窗栏皆以铁梨木为之。有菩提树，其叶似柿，浸水去皮，肉筋细如蝉翼纱，可裱小册写经。

归途访喜儿于花艇，适翠、喜二妓俱无客。茶罢欲行，挽留再三。余所属意在寮，而其媳大姑已有酒客在上，因谓邵鸨儿曰："若可同往寓中，则不妨一叙。"邵曰："可。"秀峰先归，嘱从者整理酒肴。余携翠、喜至寓。正谈笑间，适郡署王懋老不期来，挽之同饮。酒将沾唇，忽闻楼下人声嘈杂，似有上楼之势，盖房东一侄素无赖，知余招妓，故引人图诈耳。秀峰怨曰："此皆三白一时高兴，不合我亦从之。"余曰："事已至此，应速思退兵之计，非斗口时也。"懋老曰："我当先下说之。"余即唤仆速雇两轿，先脱两妓，再图出城之策。闻懋老说之不退，亦不上楼。两轿已备，余仆手足颇捷，令其向前开路，秀挽翠姑继之，余挽喜儿于后，一哄而下。秀峰、翠姑得仆力已出门去，喜儿为横手所拿，余急起腿，中其臂，手一松而喜儿脱去，余亦乘势脱身出。余仆犹守于门，以防追抢。急问之曰：“见喜儿否？”仆曰：“翠姑已乘轿去，喜娘但见其出，未见其乘轿也。”余急燃炬，见空轿犹在路旁。急追至靖海门，见秀峰侍翠轿而立，又问之，对曰：“或应投东，而反奔西矣。”急反身，过寓十余家，闻暗处有唤余者，烛之，喜儿也，遂纳之轿，肩而行。秀峰亦奔至，曰：“幽兰门有水窦可出，已托人贿之启钥，翠姑去矣，喜儿速往！”余曰：“君速回寓退兵，翠、喜交我！”至水窦边，果已启钥，翠姑先在。余遂左掖喜，右挽翠，折腰鹤步，踉跄出窦。天适微雨，路滑如油，至河干沙面，笙歌正盛。小艇有识翠姑者，招呼登舟。始见喜儿首如飞蓬，钗环俱无有。余曰：“被抢去耶？”喜儿笑曰：“闻此皆赤金，阿母物也，妾于下楼时已除去，藏于囊中。若被抢去，累君赔偿耶。”余闻言，心甚德之，令其重整钗环，勿告阿母，托言寓所人杂，故仍归舟耳。翠姑如言告母，并曰：“酒菜已饱，备粥可也。”时寮上酒客已去，邵鸨儿命翠亦陪余登寮。见两对绣鞋泥污已透。三人共粥，聊以充饥。剪烛絮谈，始悉翠籍湖南，喜亦豫产，本姓欧阳，父亡母醮，为恶叔所卖。翠姑告以迎新送旧之苦，心不欢必强笑，酒不胜必强饮，身不快必强陪，喉不爽必强歌。更有乖张其性者，稍不合意，即掷酒翻案，大声辱骂，假母不察，反言接待不周。又有恶客彻夜蹂躏，不堪其扰。喜儿年轻初到，母犹惜之。不觉泪随言落。喜儿亦嘿然涕泣。余乃挽喜入怀，抚慰之。瞩翠姑卧于外榻，盖因秀峰交好也。

自此或十日或五日，必遣人来招，喜或自放小艇，亲至河干迎接。余每去必偕秀峰，不邀他客，不另放艇。一夕之欢，番银四圆而已。秀峰今翠明红，俗谓之跳槽，甚至一招两妓。余则惟喜儿一人，偶独往，或小酌于平台，或清谈于寮内，不令唱歌，不强多饮，温存体恤，一艇怡然，邻妓皆羡之。有空闲无客者，知余在寮，必来相访。合帮之妓无一不识，每上其艇，呼余声不绝，余亦左顾右盼，应接不暇，此虽挥霍万金所不能致者。余四月在彼处，共费百余金，得尝荔枝鲜果，亦生平快事。后鸨儿欲索五百金强余纳喜，余患其扰，遂图归计。秀峰迷恋于此，因劝其购一妾，仍由原路返吴。明年，秀峰再往，吾父不准偕游，遂就青浦杨明府之聘。及秀峰归，述及喜儿因余不往，几寻短见。噫！半年一觉扬帮梦，赢得花船薄倖名矣！

余自粤东归来，馆青浦两载，无快游可述。未几，芸、憨相遇，物议沸腾，芸以激愤致病。余与程墨安设一书画铺于家门之侧，聊佐汤药之需。

中秋后二日，有吴云客偕毛忆香、王星灿邀余游西山小静室，余适腕底无闲，嘱其先往。吴曰："子能出城，明午当在山前水踏桥之来鹤庵相候。"余诺之。

越日，留程守铺，余独步出阊门，至山前过水踏桥，循田塍而西。见一庵南向，门带清流，剥啄问之，应曰："客何来？"余告之。笑曰："此'得云'也，客不见匾额乎？'来鹤'已过矣！"余曰："自桥至此，未见有庵。"其人回指曰："客不见土墙中森森多竹者，即是也。"余乃返至墙下。小门深闭，门隙窥之，短篱曲径，绿竹猗猗，寂不闻人语声，叩之亦无声者。一人过，曰："墙穴有石，敲门具也。"余试连击，果有沙弥出应。余即循径入，过小石桥，向西一折，始见山门，悬黑漆额，粉书"来鹤"二字，后有长跋，不暇细观。入门经韦陀殿，上下光洁，纤尘不染，知为好静室。忽见左廊有一小沙弥奉壶出，余大声呼问，即闻室内星阑笑曰："何如？我谓三白决不失信也！"旋见云客出迎，曰："候君早膳，何来之迟？"一僧继其后，向余稽首，问知为竹逸和尚。入其室，仅小屋三椽，额曰"桂轩"，庭中双桂盛开。星阑、忆香群起嚷曰："来迟罚三杯！"席上荤素精洁，酒则黄白俱备。余问曰："公等游几处矣？"云客曰："昨来已晚，今晨仅到得云、河亭耳。"欢饮良久。饭毕，仍自得云、河亭共游八九处，至华山止。各有佳处，不能尽述。华山之顶有莲花峰，以时欲暮，期以后游。桂花之盛至此为最，就花下饮清茗一瓯，即乘山舆，径回来鹤。

桂轩之东另有临洁小阁，已杯盘罗列。竹逸寡言静坐而好客善饮。始则折桂催花，继则每人一令，二鼓始罢。余曰："今夜月色甚佳，即此酣卧，未免有负清光，何处得高旷地，一玩月色，庶不虚此良夜也？"竹逸曰："放鹤亭可登也。"云客曰："星阑抱得琴来，未闻绝调，到彼一弹何如？"乃偕往。但见木犀香里，一路霜林，月下长空，万籁俱寂。星阑弹《梅花三弄》，飘飘欲仙。忆香亦兴发，袖出铁笛，呜呜而吹之。云客曰："今夜石湖看月者，谁能如吾辈之乐哉？"盖吾苏八月十八日，石湖行春桥下有看串月胜会，游船排挤，彻夜笙歌，名虽看月，实则挟妓哄饮而已。未几，月落霜寒，兴阑归卧。

明晨，云客谓众曰："此地有无隐庵，极幽僻，君等有到过者否？"咸对曰："无论未到，并未尝闻也。"竹逸曰："无隐四面皆山，其地甚僻，僧不能久居。向年曾一至，已坍废，自尺木彭居士重修后，未尝往焉，今犹依稀识之。如欲往游，请为前导。"忆香曰："枵腹去耶？"竹逸笑曰："已备素面矣，再令道人携酒盒相从也。"面毕，步行而往。过高义园，云客欲往白云精舍，入门就坐。一僧徐步出，向云客拱手曰："违教两月，城中有何新闻？抚军在辕否？”忆香忽起曰：“秃！”拂袖径出。余与星爛忍笑随之，云客、竹逸酬答数语，亦辞出。高义园即范文正公墓，白云精舍在其旁。一轩面壁，上悬藤萝，下凿一潭，广丈许，一泓清碧，有金鳞游泳其中，名曰“钵盂泉”。竹炉茶灶，位置极幽。轩后于万绿丛中，可瞰范园之概。惜衲子俗，不堪久坐耳。是时由上沙村过鸡笼山，即余与鸿干登高处也。风物依然，鸿干已死，不胜今昔之感。正惆怅间，忽流泉阻路不得进，有三五村童掘菌子于乱草中，探头而笑，似讶多人之至此者。询以无隐路，对曰：“前途水大不可行，请返数武，南有小径，度岭可达。”从其言。度岭南行里许，渐觉竹树丛杂，四山环绕，径满绿茵，已无人迹。竹逸徘徊四顾曰：“似在斯，而径不可辨，奈何？”余乃蹲身细瞩，于千竿竹中隐隐见乱石墙舍，径拨丛竹间，横穿入觅之，始得一门，曰：“无隐禅院，某年月日南园老人彭某重修。”众喜曰：“非君则武陵源矣！”山门紧闭，敲良久，无应者。忽旁开一门，呀然有声，一鹑衣少年出，面有菜色，足无完履，问曰：“客何为者？”竹逸稽首曰：“慕此幽静，特来瞻仰。”少年曰：“如此穷山，僧散无人接待，请觅他游。”言已，闭门欲进。云客急止之，许以启门放游，必当酬谢。少年笑曰：“茶叶俱无，恐慢客耳，岂望酬耶？”山门一启，即见佛面，金光与绿阴相映，庭阶石础苔积如绣，殿后台级如墙，石栏绕之。循台而西，有石形如馒头，高二丈许，细竹环其趾。再西折北，由斜廊蹑级而登，客堂三楹，紧对大石。石下凿一小月池，清泉一派，荇藻交横。堂东即正殿，殿左西向为僧房厨灶，殿后临峭壁，树杂阴浓，仰不见天。星爛力疲，就池边小憩，余从之。将启盒小酌，忽闻忆香音在树杪，呼曰：“三白速来，此间有妙境！”仰而视之，不见其人，因与星爛循声觅之。由东厢出一小门，折北，有石蹬如梯，约数十级，于竹坞中瞥见一楼。又梯而上，八窗洞然，额曰“飞云阁”。四山抱列如城，缺西南一角，遥见一水浸天，风帆隐隐，即太湖也。倚窗俯视，风动竹梢，如翻麦浪。忆香曰：“何如？”余曰：“此妙境也。”忽又闻云客于楼西呼曰：“忆香速来，此地更有妙境！”因又下楼，折而西，十余级，忽豁然开朗，平坦如台。度其地，已在殿后峭壁之上，残砖缺础尚存，盖亦昔日之殿基也。周望环山，较阁更畅。忆香对太湖长啸一声，则群山齐应。乃席地开樽，忽愁枵腹，少年欲烹焦饭代茶，随令改茶为粥，邀与同啖。询其何以冷落至此，曰：“四无居邻，夜多暴客，积粮时来强窃，即植蔬果，亦半为樵子所有。此为崇宁寺下院，长厨中月送饭干一石、盐菜一坛而已。某为彭姓裔，暂居看守，行将归去，不久当无人迹矣。”云客谢以番银一圆。返至来鹤，买舟而归。余绘《无隐图》一幅，以赠竹逸，志快游也。

是年冬，余为友人作中保所累，家庭失欢，寄居锡山华氏。明年春，将之维扬而短于资，有故人韩春泉在上洋幕府，因往访焉。衣敝履穿，不堪入署，投札约晤于郡庙园亭中。及出见，知余愁苦，慨助十金。园为洋商捐施而成，极为阔大，惜点缀各景，杂乱无章，后叠山石，亦无起伏照应。归途忽思虞山之胜，适有便舟附之。时当春仲，桃李争研，逆旅行踪，苦无伴侣，乃怀青铜三百，信步至虞山书院。墙外仰瞩，见丛树交花，娇红稚绿，傍水依山，极饶幽趣。惜不得其门而入，问途以往，遇设篷瀹茗者，就之，烹碧萝春，饮之极佳。询虞山何处最胜，一游者曰："从此出西关，近剑门，亦虞山最佳处也，君欲往，请为前导。"余欣然从之。出西门，循山脚下，高低约数里，渐见山峰屹立，石作横纹，至则一山中分，两壁凹凸，高数十仞，近而仰视，势将倾堕。其人曰："相传上有洞府，多仙景，惜无径可登。"余兴发，挽袖卷衣，猿攀而上，直造其巅。所谓洞府者，深仅丈许，上有石罅，洞然见天。俯首下视，腿软欲堕。乃以腹面壁，依藤附蔓而下。其人叹曰："壮哉！游兴之豪，未见有如君者。"余口渴思饮，邀其人就野店沽饮三杯。阳乌将落，未得遍游，拾赭石十余块，怀之归寓，负笈搭夜航至苏，仍返锡山。此余愁苦中之快游也。

嘉庆甲子春，痛遭先君之变，行将弃家远遁，友人夏揖山挽留其家。秋八月，邀余同往东海永泰沙勘收花息。沙隶崇明，出刘河口，航海百余里。新涨初辟，尚无街市。茫茫芦荻，绝少人烟，仅有同业丁氏仓房数十椽，四面掘沟河，筑堤栽柳绕于外。丁字实初，家于崇，为一沙之首户。司会计者姓王，俱豪爽好客，不拘礼节，与余乍见即同故交。宰猪为饷，倾瓮为饮。令则拇战，不知诗文；歌则号呶，不讲音律。酒酣，挥工人舞拳相扑为戏。畜牯牛百余头，皆露宿堤上。养鹅为号，以防海盗。日则驱鹰犬猎于芦丛沙渚间，所获多飞禽。余亦从之驰逐，倦则卧。引至园田成熟处，每一字号，圈筑高堤，以防潮汛。堤中通有水窦，用闸启闭，旱则长潮时启闸灌之，潦则落潮时开闸泄之。佃人皆散处如列星，一呼俱集，称业户"产主"，唯唯听命，朴诚可爱。而激之非义，则野横过于狼虎；幸一言公平，率然拜服。风雨晦明，恍同太古。卧床外瞩，即睹洪涛，枕畔潮声，如鸣金鼓。一夜，忽见数十里外有红灯大如栲栳，浮于海中，又见红光烛天，势同失火，实初曰："此处起现神灯神火，不久又将涨出沙田矣。"揖山兴致素豪，至此益放。余更肆无忌惮，牛背狂歌，沙头醉舞，随其兴之所至，真生平无拘之快游也。事竣，十月始归。

吾苏虎丘之胜，余取后山之千顷云一处，次则剑池而已，余皆半借人工，且为脂粉所污，已失山林本相。即新起之白公祠、塔影桥，不过留雅名耳。其冶坊滨，余戏改为“野芳滨”，更不过脂乡粉队，徒形其妖冶而已。其在城中最著名之狮子林，虽曰云林手笔，且石质玲珑，中多古木，然以大势观之，竟同乱堆煤渣，积以苔藓，穿以蚁穴，全无山林气势。以余管窥所及，不知其妙。灵岩山，为吴王馆娃宫故址，上有西施洞、响屧廊、采香径诸胜，而其势散漫，旷无收束，不及天平支硎之别饶幽趣。

邓尉山，一名元墓，西背太湖，东对锦峰，丹崖翠阁，望如图画。居人种梅为业，花开数十里，一望如积雪，故名“香雪海”。山之左有古柏四树，名之曰“清、奇、古、怪”：清者，一株挺直，茂如翠盖；奇者，卧地三曲，形“之”字；古者，秃顶扁阔，半朽如掌；怪者，体似旋螺，枝干皆然。相传汉以前物也。

乙丑孟春，揖山尊人莼芗先生偕其弟介石，率子侄四人，往幞山家祠春祭，兼扫祖墓，招余同往。顺道先至灵岩山，出虎山桥，由费家河进香雪海观梅。幞山祠宇即藏于香雪海中，时花正盛，咳吐俱香，余曾为介石画《幞山风木图》十二册。是年九月，余从石琢堂殿撰赴四川重庆府之任，溯长江而上，舟抵皖城。皖山之麓，有元季忠臣余公之墓，墓侧有堂三楹，名曰“大观亭”，面临南湖，背倚潜山。亭在山脊，眺远颇畅。旁有深廊，北窗洞开，时值霜叶初红，烂如桃李。同游者为蒋寿朋、蔡子琴。南城外又有王氏园，其地长于东西，短于南北，盖北紧背城、南则临湖故也。既限于地，颇难位置，而观其结构，作重台叠馆之法。重台者，屋上作月台为庭院，柱石栽花于上，使游人不知脚下有屋。盖上叠石者则下实，上庭院者则下虚，故花木仍得地气而生也。叠馆者，楼上作轩，轩上再作平台。上下盘折，重叠四层，且有小池，水不漏泄，竟莫测其何虚何实。其立脚全用砖石为之，承重处仿照西洋立柱法。幸面对南湖，目无所阻，骋怀游览，胜于平园。真人工之奇绝者也。

武昌黄鹤楼在黄鹄矶上，后拖黄鹄山，俗呼为蛇山。楼有三层，画栋飞檐，倚城屹峙，面临汉江，与汉阳晴川阁相对。余与琢堂冒雪登焉，俯视长空，琼花风舞，遥指银山玉树，恍如身在瑶台。江中往来小艇，纵横掀播，如浪卷残叶，名利之心至此一冷。壁间题咏甚多，不能记忆，但记楹对有云：“何时黄鹤重来，且共倒金樽，浇洲渚千年芳草；但见白云飞去，更谁吹玉笛，落江城五月梅花。”

黄州赤壁在府城汉川门外，屹立江滨，截然如壁。石皆绛色，故名焉。《水经》渭之赤鼻山，东坡游此作二赋，指为吴魏交兵处，则非也。壁下已成陆地，上有二赋亭。

是年仲冬抵荆州。琢堂得升潼关观察之信，留余住荆州，余以未得见蜀中山水为怅。时琢堂入川，而哲嗣敦夫眷属及蔡子琴、席芝堂俱留于荆州，居刘氏废园。余记其厅额曰“紫藤红树山房”。庭阶围以石栏，凿方池一亩；池中建一亭，有石桥通焉；亭后筑土叠石，杂树丛生；余多旷地，楼阁俱倾颓矣。客中无事，或吟或啸，或出游，或聚谈。岁暮虽资斧不继，而上下雍雍，典衣沽酒，且置锣鼓敲之。每夜必酌，每酌必令。窘则四两烧刀，亦必大施觞政。遇同乡蔡姓者，蔡子琴与叙宗系，乃其族子也，倩其导游名胜。至府学前之曲江楼，昔张九龄为长史时，赋诗其上，朱子亦有诗曰：“相思欲回首，但上曲江楼。”城上又有雄楚楼，五代时高氏所建。规模雄峻，极目可数百里。绕城傍水，尽植垂杨，小舟荡桨往来，颇有画意。荆州府署即关壮缪帅府，仪门内有青石断马槽，相传即赤兔马食槽也。访罗含宅于城西小湖上，不遇。又访宋玉故宅于城北。昔庾信遇侯景之乱，遁归江陵，居宋玉故宅，继改为酒家，今则不可复识矣。

是年大除，雪后极寒，献岁发春，无贺年之扰，日惟燃纸炮、放纸鸢、扎纸灯以为乐。既而风传花信，雨濯春尘，琢堂诸姬携其小女幼子顺川流而下，敦夫乃重整行装，合帮而走。由樊城登陆，直赴潼关。

由山南阌乡县西出函谷关，有“紫气东来”四字，即老子乘青牛所过之地。两山夹道，仅容二马并行。约十里即潼关，左背峭壁，右临黄河，关在山河之间扼喉而起，重楼垒垛，极其雄峻。而车马宛然，人烟亦稀。昌黎诗曰：“日照潼关四扇开。”殆亦言其冷落耶？

城中观察之下，仅一别驾。道署紧靠北城，后有园圃，横长约三亩。东西凿两池，水从西南墙外而入，东流至两池间，支分三道：一向南至大厨房，以供日用；一向东入东池；一向北折西、由石螭口中喷入西池，绕至西北，设闸泄泻，由城脚转北，穿窦而出，直下黄河。日夜环流，殊清人耳。竹树阴浓，仰不见天。西池中有亭，藕花绕左右。东有面南书室三间，庭有葡萄架，下设方石，可弈可饮，以外皆菊畦。西有面东轩屋三间，坐其中可听流水声。轩南有小门可通内室。轩北窗下另凿小池，池之北有小庙，祀花神。园正中筑三层楼一座，紧靠北城，高与城齐，俯视城外即黄河也。河之北，山如屏列，已属山西界。真洋洋大观也！余居园南，屋如舟式，庭有土山，上有小亭，登之可览园中之概，绿阴四合，夏无暑气。琢堂为余颜其斋曰“不系之舟”。此余幕游以来第一好居室也。土山之间，艺菊数十种，惜未及含葩，而琢堂调山左廉访矣。眷属移寓潼川书院，余亦随往院中居焉。

琢堂先赴任，余与子琴、芝堂等无事，辄出游。乘骑至华阴庙。过华封里，即尧时三祝处。庙内多秦槐汉柏，大皆三四抱，有槐中抱柏而生者，柏中抱槐而生者。殿廷古碑甚多，内有陈希夷书“福”、“寿”字。华山之脚有玉泉院，即希夷先生化形骨蜕处。有石洞如斗室，塑先生卧像于石床。其地水净沙明，草多绛色，泉流甚急，修竹绕之。洞外一方亭，额曰“无忧亭”。旁有古树三株，纹如裂炭，叶似槐而色深，不知其名，土人即呼曰“无忧树”。太华之高不知几千仞，惜未能裹粮往登焉。归途见林柿正黄，就马上摘食之，土人呼止弗听，嚼之涩甚，急吐去，下骑觅泉漱口，始能言，土人大笑。盖柿须摘下煮一沸，始去其涩，余不知也。

十月初，琢堂自山东专人来接眷属，遂出潼关，由河南入鲁。山东济南府城内，西有大明湖，其中有历下亭、水香亭诸胜。夏月柳阴浓处，菡萏香来，载酒泛舟，极有幽趣。余冬日往视，但见衰柳寒烟，一水茫茫而已。趵突泉为济南七十二泉之冠，一泉分三眼，从地底怒涌突起，势如腾沸。凡泉皆从上而下，此独从下而上，亦一奇也。池上有楼，供吕祖像，游者多于此品茶焉。明年二月，余就馆莱阳。至丁卯秋，琢堂降官翰林，余亦入都。所谓登州海市，竟无从一见。

卷五　中山记历

嘉庆四年，岁在己未，琉球国中山王尚穆薨。世子尚哲先七年卒，世孙尚温表请袭封。中朝怀柔远藩，锡以恩命，临轩召对，特简儒臣。

于是，赵介山先生，名文楷，太湖人，官翰林院修撰，充正使。李和叔先生，名鼎元，绵州人，官内阁中书，副焉。介山驰书约余偕行，余以高堂垂老，惮于远游。继思游幕二十年，遍窥两戒，然而尚囿方隅之见，未观域外，更历瀴溟之胜，庶广异闻。禀商吾父，允以随往。从客凡五人：王君文诰，秦君元钧，缪君颂，杨君华才，其一即余也。

五年五月朔日，随荡节以行，祥飙送风，神鱼扶舳，计六昼夜，径达所届。

凡所目击，咸登掌录。志山水之丽崎，记物产之瑰怪，载官司之典章，嘉士女之风节。文不矜奇，事皆记实。自惭谫陋，甘贻测海之嗤；要堪传言，或胜凿空之说云尔。

五月朔日，恰逢夏至，襆被登舟。向来封中山王，去以夏至，乘西南风，归以冬至，乘东北风，风有信也。舟二，正使与副使共乘其一，舟身长七尺，首尾虚艄三丈，深一丈三尺，宽二丈二尺，较历来封舟，几小一半。前后各一桅，长六丈有奇，围三尺；中舱前一桅，长十丈有奇，围六尺，以番木为之。通计二十四舱，舱底贮石，载货十一万斤有奇，龙口置大炮一，左右各置大炮二，兵器贮舱内。大桅下，横大木为辘轳，移炮升篷皆仗之。犨以数十人，舱面为战台，尾楼为将台，立帜列藤牌，为使臣厅事。下即舵楼，舵前有小舱，实以沙布针盘。中舱梯而下，高可六尺，为使臣会食地。前舱贮火药贮米，后以居兵。稍后为水舱，凡四井。二号船称是。每船约二百六十馀人，船小人多，无立锥处。风信已届，如欲易舟，恐延时日也。

初二日，午刻，移泊鳌门。申刻，庆云见于西方，五色轮困，适与楼船旗帜上下辉映，观者莫不叹为奇瑞。或如玄圭，或如白珂，或如灵芝，或如玉禾，或如绛绡，或如紫纶，或如文杏之叶，或如含桃之颗，或如秋原之草，或如春湘之波。向读屠长卿赋，今始知其形容之妙也。

画士施生，为《航海行乐图》，甚工。余见兹图，遂乃搁笔。香崖虽善画，亦不能办此。

初四日，亥刻起碇，乘潮至罗星塔。海阔天空，一望无际。余妇芸娘，昔游太湖，谓得见天地之宽，不虚此生，使观于海，其愉快又当何如？

初九日，卯刻，见彭家山，列三峰，东高而西下。申刻，见钓鱼台，三峰离立，如笔架，皆石骨。惟时水天一色，舟平而驶，有白鸟无数，绕船而送，不知所自来。

入夜，星影横斜，月光破碎，海面尽作火焰，浮沉出没，木华《海赋》所谓“阴火潜然”者也。

初十日，辰正，见赤尾屿。屿方而赤，东西凸而中凹，凹中又有小峰二。船从山北过，有大鱼二，夹舟行，不见首尾，脊黑而微绿，如十围枯木，附于舟侧。舟人以为风暴将起，鱼先来护。午刻，大雷雨以震，风转东北，舵无主，舟转侧甚危。幸而大鱼附舟，尚未去。忽闻霹雳一声，风雨顿止。申刻，风转西南且大，合舟之人，举手加额，咸以为有神助。得二诗以志之。诗云：“平生浪迹遍齐州，又附星槎作远游。鱼解扶危风转顺，海云红处是琉球。”“白浪滔滔撼大荒，海天东望正茫茫。此行足壮书生胆，手挟风雷意激昂。”自谓颇能写出尔时光景。

十一日，午刻，见姑米山，山共八岭，岭各一二峰，或断或续。未刻，大风暴雨如注，然雨虽暴而风顺。酉刻，舟已近山。琉球人以姑米多礁，黑夜不敢进，待明而行，亦不下碇，但将篷收回，顺风而立，则舟荡漾而不能退。戌刻，舟中举号火，姑米山有火应之。询知为球人暗令，日则放炮，夜则举火，仪注所谓得信者，此也。

十二日，辰刻，过马齿山。山如犬羊相错，四峰离立，若马行空。计又行七更，船再用甲寅针，取那霸港，回望见迎封船在后，共相庆幸。历来针路所见，尚有小琉球、鸡笼山、黄麻屿，此行俱未见。问知琉球伙长，年已六十，往来海面八次，每度细审得其准的，以为不出辰卯二位，而乙卯位单，乙针尤多，故此次最为简捷，而所见亦仅三山，即至姑米。针则开洋用单辰，行七更后，用乙卯，自后尽用乙，过姑米，乃用乙卯，惟记更以香，殊难凭准。念五虎门至官塘，里有定数，因就时辰表按时计里，每时约行百有十里。自初八日未时开洋，讫十二日辰时，计共五十八时。初十日暴风停两时，十一日夜畏触礁停三时，实行五十三时，计程应得五千八百三十里，计到那霸港，实洋面六千里有奇。据琉球伙长云：海上行舟，风小固不能驶，风过大亦不能驶。风大则浪大，浪大力能壅船，进尺仍退二寸。惟风七分，浪五分，最宜驾驶，此次是也。从来渡海，未有平稳而驶如此者。于时球人驾独木船数十，以纤挽舟而行，迎封三接如仪。辰刻，进那霸港。先是，二号船于初十日望不见，至是乃先至，迎封船亦随后至，齐泊临海寺前。伙长云：从未有三舟齐到者。

午刻登岸，倾国人士，聚观于路，世孙率百官迎诏如仪。世孙年十七，白皙而丰颐，仪度雍容，善书，颇得松雪笔意。按《中山世鉴》：隋使羽骑尉朱宽至国，于万涛间见地形如虬龙浮水，始曰流虬，而《隋书》又作流求，《新唐书》作流鬼，《元史》又作瑠求，明复作琉球。《世鉴》又载，元延祐元年，国分为三大里，凡十八国，或称山南王，或称山北王。余于中山南山游历几遍，大村不及二里，而即谓之国，得勿夸大乎？琉人每言大风，必曰台飓。按韩昌黎诗：“雷霆逼飓𩗗。”是与飓同称者为𩗗。《玉篇》：“𩗗，大风也，于笔切。”《唐书·百官志》：“有𩗗海道。”或系球人误书。《隋书》称琉球有虎狼熊罴，今实无之。又云无牛羊驴马，驴诚无，而六畜无不备，乃知书不可尽信也。

天使馆西向，仿中华廨署，有旗竿二，上悬册封黄旗。有照墙，有东西辕门，左右有鼓亭，有班房。大门署曰“天使馆”，门内廊房各四楹。仪门署曰“天泽门”，万历中使臣夏子阳题，年久失去，前使徐葆光补出。门内左右各十一间，中有甬道，道西榕树一株，大可十围，徐公手植。最西者为厨房，大堂五楹，署曰“敷命堂”，前使汪楫题。稍北葆光额曰“皇纶三锡”。堂后有穿堂直达二堂，堂五楹，中为副使会食之地，前使周公署曰“声教东渐”。左右即寝室。堂后南北各一楼，南楼为正使所居，汪楫额曰“长风阁”，北楼为副使所居，前使林麟焻额曰“停云楼”，额北有诗碑，乃海山先生所题也。周砺礁石为垣，望同百雉。垣上悉植火凤，干方，无花有刺，似霸王鞭，叶似慎火草，俗谓能避火，名吉姑罗。南院有水井。楼皆上覆瓦，下砌方砖。院中平似沙，桌椅床帐，悉仿中国式，寄尘得诗四首，有句云：“相看楼阁云中出，即是蓬莱岛上居。”又有句云：“一舟剪径凭风信，五日飞帆驻月楂。”皆真情真境也。

孔子庙在久米村，堂三楹，中为神座，如王者垂旒搢圭，而署其主曰“至圣先师孔子神位”。左右两龛，龛二人立侍，各手一经，标曰《易》《书》《诗》《春秋》，即所谓四配也。堂外为台，台东西拾级以登，栅如棂星门。中仿戟门，半树塞以止行者。其外临水为屏墙。堂之东为明伦堂，堂北祀启圣。久米士之秀者，皆肆业其中，择文理精通者为师，岁有廪给，丁祭一如中国仪。敬题一诗云：“洋溢声名四海驰，岛邦也解拜先师。庙堂肃穆垂旒贵，圣教如今洽九夷。”用伸仰止之忱。

国中诸寺，以圆觉为大。渡观莲塘桥，亭供辨才天女，云即斗姥。将入门，有池曰圆鉴，荇藻交横，芰荷半倒。门高敞，有楼翼然。左右金刚四，规格略仿中国。佛殿七楹。更进，大殿亦七楹，名龙渊殿。中为佛堂，左右奉木主，亦祀先王神位，兼祀祧主。左序为方丈，右序为客座，皆设席，周缘以布，下衬极平而净，名曰踏脚绵。方丈前为蓬莱庭，左为香积厨，侧有井，名不冷泉。客座右为古松岭，异石错舛，列于松间。左厢为僧寮，右厢为狮子窟。僧寮南有乐楼，楼南有园，饶花木，此乃圆觉寺之胜概也。

又有护国寺，为国王祷雨之所。龛内有神，黑而裸，手剑立，状甚狰狞。有钟，为前明景泰七年铸。寺后多凤尾蕉，一名铁树。又有天王寺，有钟，亦为景泰七年铸。又有定海寺，有钟，为前明天顺三年铸。至于龙渡寺、善兴寺、和光寺，荒废无可述者。

此邦海味，颇多特产，为中国之所罕见。一石鲃，似墨鱼而大，腹圆如蜘蛛，双须八手，攒生两肩，有刺类海参，无足无鳞介如鲍鱼。登莱有所谓八带鱼者，以形考之，殆是石鉅，或即乌贼之别种欤？一海蛇，长三尺，僵直如朽索，色黑，状狰狞，土人云能杀虫、疗痼、已疬，殆永州异蛇类，土俗甚重之，以为贵品。一海胆，如猬，剥皮去肉，捣成泥，盛以小瓶，可供馔。一寄生螺，大小不一，长圆各异，皆负壳而行。螺中有蟹，两螯八跪，跪四大四小，以大跪行，螯一大一小，小者常隐，大者以取食，触之则大跪尽缩，以一大螯拒户，蟹也而有螺性。《海赋》所云“璅蛣腹蟹”，岂其类欤？《太平广记》谓蟹入螺中，似先有蟹。然取置碗中以观其求脱之势，力猛壳脱，顷刻死，则又与壳相依为命。造物不测，难以臆度也。一沙蟹，阔而薄，两螯大于身，甲小而缺其前，缩两螯以补之，若无缝，八跪特短，脐无甲，尖团莫辨，见人则凹双睛，噀水高寸许，似善怒。养以沙水，经十余日，不食亦不死。一蚶，径二尺以上，围五尺许，古人所谓屋瓦子，以壳形凹凸，像瓦屋也。一海马肉，薄片回屈如刨花，色如片茯苓，品之最贵者不易得，得则先以献王。其状鱼身马首，无毛而有足，皮如江豚。此皆海味之特产也。

此邦果实，亦有与中国不同者。蕉实状如手指，色黄，味甘，瓣如柚，亦名甘露。初熟色青，以糖覆之则黄，其花红，一穗数尺，瓤须五六出，岁实为常，实如其须之数。中国亦有蕉，不闻岁结实，亦无有抽其丝作布者，或其性殊欤？

布之原料与制布之法，亦有与中国异者。一曰蕉布，米色，宽一尺，乃芭蕉沤抽其丝织成，轻密如罗。一曰苎布，白而细，宽尺二寸，可敌棉布。一曰丝布，白而棉软，苎经而丝纬，品之最尚者。《汉书》所谓蕉筒荃葛，即此类也。一曰麻布，米色而粗，品最下矣。国人善印花，花样不一，皆剪纸为范，加范于布，涂灰焉，灰干去范，乃着色，干而浣之，灰去而花出，愈浣而愈鲜，衣敝而色不退。此必别有制法，秘不语人，故东洋花布，特重于闽也。

此邦草木，多与中国异称，惜未携《群芳谱》来，一一辨证之耳。“罗汉松”谓之榁木，“冬青”谓之福木，“万寿菊”谓之禅菊。“铁树”谓之凤尾蕉，以叶对出形似也，亦谓之海棕榈，以叶盖头形似也。有携至中华以为盆玩者，则谓之万年棕云。凤梨开花者谓之男木，白瓣若莲，颇香烈，不实；无花者谓之女木，而实大，如瓜可食。或云即波罗蜜别种，球人又谓之阿旦呢。月橘，谓之十里香，叶如枣，小白花，甚芳烈，实如天竹子，稍大。闻二月中红，累累满树，若火齐然，惜余未及见也。球阳地气多暖，时届深秋，花草不杀，蚊雷不收，荻花盛开。野牡丹二三月花，至八月复复，花累累如铃铎，素瓣，紫晕，檀心，圆而大，颇芳烈。佛桑四季皆花，有白色，有深红、粉红二色。因得一诗，诗云:“偶随使节泛仙槎，日日春游玩物华。天气常如二三月，山林不断四时花。”亦真情真景也。球人嗜兰，谓之孔子花，陈宅尤多异产。有风兰，叶较兰稍长，篾竹为盆，挂风前，即蕃衍。有名护兰，叶类桂而厚，稍长如指，花一箭八九出，以四月开，香胜于兰，出名护岳岩石间，不假水土，或寄树椏，或裹以棕而悬之，无不茂。有粟兰，一名芷兰，叶如凤尾花，作珍珠状。有棒兰，绿色，茎如珊瑚，无叶，花出椏间，如兰而小，亦寄树活。又有西表松兰、竹兰之目，或致自外岛，或取之岩间，香皆不减兰也。因得一诗，诗云:“移根绝岛最堪夸，道是森森阙里花。不比寻常凡草木，春风一到即繁华。”题诗既毕，并为写生，愧无黄筌之妙笔耳。

沿海多浮石，嵌空玲珑，水击之，声作钟磬，此与中国彭蠡之口石钟山相似。

闲居无可消遣，与施生弈，用琉球棋子。白者磨螺之封口石为之，内地小螺拒户有圆壳，海蝼大者，其拒户之壳，厚五六分，径二寸许，圆白如砗磲，土人名曰封口石。黑者磨苍石为之，子径六分许，围二寸许，中凸而四围削，无正背面，不类云南子式。棋盘以木为之，厚八寸，四足，足高四寸，面刻棋路。其俗好弈，举棋无不定之说，颇亦有国手，局终数空眼多少，不数实子，数正同。相传国中供奉棋神，画女相如仙子，不令人见，乃国中雅尚也。

六月初八日辰刻，正副使恭奉谕祭文及祭银焚帛，安放龙彩亭内，出天使馆东行，过久米林、泊村，至安里桥，即真玉桥，世孙跪接如仪，即导引入庙。礼毕，引观先王庙。正庙七楹，正中向外通为一龛，安奉诸王神位。左昭自舜马至尚穆，共十六位，右穆自义本至尚敬，共十五位。是日球人观者，弥山匝地，男子跪于道左，女子聚立远观。亦有施帷挂竹帘者，土人云系贵官眷属。女皆黥首，指节为饰，甚者全黑，少者间作梅花斑。国俗不穿耳，不施脂粉，无珠翠首饰。人家门户，多树石敢当碣，墙头多植吉姑罗，或楺树，剪剔极齐整。国人呼中国为唐山，呼华人为唐人。

球地皆土沙，雨过即可行，无泥泞。奥山有却金亭，前明册使陈给事侃，归时却金，故国人造亭以表之。辨岳，在王宫东南三里许，过圆觉寺，从山脊行，水分左右，堪舆家谓之过峡，中山来脉也。山大小五峰，最高者谓之辨岳，灌木密覆，前有石柱二，中置栅二，外板阁二。少左，有小石塔，左右列石案五。折而东，数十级至顶，有石垆二，西祭山，东祭海岳之神，曰祝，祝谓是天孙氏第二女云。国王受封，必斋戒亲祭。正五九月，祭山海及护国神，皆在辨岳也。

波上、雪崎及龟山，余已游遍，而要以鹤头为最胜。随正副使往游，陟其巅，避日而坐，草色黏天，松阴匝地，东望辨岳，秀出天半，王宫历历如画。其南，则近水如湖，远山如岸，丰见城巍然突出，山南王之旧迹犹有存者。西望马齿、姑米，出没隐见，若近若远，封舟之来路也。北俯那霸、久米，人烟辐辏，举凡山川灵异，草木阴翳，鱼鸟沉浮，云烟变幻，莫不争奇献巧，毕集目前。乃知前日之游，殊为鲁莽。梁大夫小具盘樽，席地而饮，余亦趣仆以酒肴至。未申之交，凉风乍生，微雨将洒，乃移樽登舟。时海潮正涨，沙岸弥漫，遂由奥山南麓折而东北，山石嵌空欲落，海燕如鸥，渔舟似织。俄而返照入山，冰轮出水，水鳐无数，飞射潮头。与介山举觞弄月，击楫而歌，樽不空，客皆醉。越渡里村，漏已三下。却金亭前，列炬如昼，迎者倦矣。乃相与步月而归，为中山第一游焉。

泉崎桥桥下，为漫湖浒。每当晴夜，双门供月，万象澄清，如玻璃世界，为中山八景之一。旺泉味甘，亦为中山八景之一。王城有亭，依城望远，因小憩亭中，品瑞泉，纵观中山八景。八景者，泉崎夜月、临海潮声、久米村竹篱、龙洞松涛、笋厓夕照、长虹秋霁、城岳灵泉、中岛蕉园也。亭下多棕榈紫竹，竹丛生，高三尺余，叶如棕，狭而长，即所谓观音竹也。亭南有蚶壳，长八尺许，贮水以供盥，知大蚶不易得也。

国人浣漱不用汤，家竖石桩，置石盂或蚶壳其上，贮水。旁置一柄筒，晓起，以筒盛水浇而盥漱之，客至亦然。

地多草，细软如毯，有事则取新沙覆之。国人取玳瑁之甲以为长簪，传到中国，率由闽粤商贩。球人不知贵，以为贱品。昆山之旁，以玉抵鹊，地使然也。

丰见山顶，有山南王第故城。徐葆光诗有“颓垣宫阙无全瓦，荒草牛羊似破村”之句。王之子孙，今为那姓，犹聚居于此。

辻山，国人读为失山，琉球字皆对音，十失无别，疑迭之误也。副使辑《球雅》，谓一字作二三字读，二三字作一字读者，皆义而非音，即所谓寄语，国人尽知之。音则合百余字或十余字为一音，与中国音迥异。国中惟读书通文理者，乃知对音，庶民皆不知也。久米官之子弟，能言，教以汉语，能书，教以汉文。十岁称“若秀才”，王给米一石。十五薙发，先谒孔圣，次谒国王，王籍其名，谓之“秀才”，给米三石。长则选为通事，为国中文物声名最，即明三十六姓后裔也。那霸人以商为业，多富室。明洪武初，赐闽人三十六姓善操舟者往来朝贡，国中久米村，梁、蔡、毛、郑、陈、曾、阮、金等姓，乃三十六姓之裔，至今国人重之。

与寄公谈玄理，颇有入悟处，遂与唱和成诗。法司蔡温、紫金大夫程顺则、蔡文溥，三人集诗，有作者气。顺则别著《航海指南》，言渡海事甚悉。蔡温尤肆力于古文，有《蓑翁语录》《至言》等目，语根经学，有道学气，出入二氏之学，盖学朱子而未纯者。

琉球山多瘠硗，独宜薯。父老相传，受封之岁，必有丰年。今岁五月稍旱，幸自后雨不愆期，卒获大丰，薯可四收，海邦臣民，倍觉欢欣。佥曰:“非受封岁，无此丰年也。”

六月初旬，稻已尽收。球阳地气温暖，稻常早熟，种以十一月，收以五六月。薯则四时皆种，三熟为丰，四熟则为大丰。稻田少，薯田多，国人以薯为命，米则王宫始得食。亦有麦豆，所产不多。五月二十日，国中祭稻神。此祭未行，稻虽登场，不敢入家也。

七月初旬始见燕，不巢人屋。中国燕以八月归，此燕疑未入中国者，其来以七月，巢必有地。别有所谓海燕，较紫燕稍大，而白其羽，有全白似鸥者，多巢岛中，间有至中国，人皆以为瑞。应潮鸡，雄纯黑，雌纯白，皆短足长尾，驯不避人。香厓购一小犬，而毛豹斑，性灵警，与饭不食，与薯乃食，知人皆食薯矣。鼠雀最多，而鼠尤虐。亦有猫，不知捕鼠，邦人以为玩，乃知物性亦随地而变。鹰、雁、鹅、鸭特少。

枕有方如圭者，有圆如轮而连以细轴者，有如文具藏数层者，制特精，皆以木为之，率宽三寸，高五寸，漆其外，或黑或朱，立而枕之，反侧则仆。按《礼记·少仪》注:“颖，警枕也。”谓之颖者，颖然警悟也。又司马文正公以圆木为警枕，少睡则转而觉，乃起读书，此殆警枕之遗。

衣制皆宽博交衽，袖广二尺，口皆不缉，特短袂，以便作事。襟率无钮带，总名衾。男束大带，长丈六尺、宽四寸以为度，腰围四五转，而收其垂于两胁间，烟包、纸袋、小刀、梳、篦之属，皆怀之，故胸前襟带搊起凹然。其胁下不缝者，惟幼童及僧衣为然。僧别有短衣如背心，谓之断俗，此其概也。帽以薄木片为骨，叠帕而蒙之，前七层，后十一层。花锦帽远望如屋漏痕者，品最贵，惟摄政王叔国相得冠之；次品花紫帽，法司冠之；其次则纯紫。大略紫为贵，黄次之，红又次之，青绿斯下。各色又以绫为贵，绢为次。国王未受封时，戴乌纱帽，双翅侧冲上向，盘金，朱缨垂颔，下束五色绦，至是冠皮弁，状如中国梨园演王者便帽，前直列花瓣七，衣蟒腰玉。肩舆如中国饼轿，中置大椅，上施大盖，无帷幔，辕粗而长，无绊，无横木，以八人左右肩之而行。

杜氏《通典》载琉球国俗，谓妇人产必食子衣，以火自炙，令汗出。余举以问杨文凤然乎？对曰："火炙诚有之，食衣则否。"即今中山已无火炙俗，惟北山犹未尽改。

嫁娶之礼，固陋已甚。世家亦有以酒肴珠贝为聘者，婚时即用本国轿，结彩鼓乐而迎，不计妆奁，父母送至夫家即返，不宴客。至亲具酒贺，不过数人。《隋书》云：琉球风俗，男女相悦，便相匹偶，盖其旧俗也。询之郑得功，郑得功曰："三十六姓初来时，俗尚未改，后渐知婚礼，此俗遂革。今国中有夫之妇，犯奸即杀。"余始悟琉球所以号守礼之国者，亦由三十六姓教化之力也。

小民有丧，则邻里聚送，观者护丧，掩毕即归。宦家则同官相知者，亦来送柩，出即归，大都不宴客。题主官率皆用僧，男书圆寂大禅定，女书禅定尼，无考妣称，近日宦家亦有书官爵者。棺制三尺，屈身而殓之，近宦家亦有长五六尺者，民则仍旧。

此邦之人，肘比华人稍短，《朝野佥载》亦谓人形短小似昆仑。余所见士大夫短小者固多，亦有修髯丰颐者，颀而长者，胖而腹腰十围者，前言似未足信。人体多狐臭，古所谓愠羝也。

世禄之家皆赐姓，士庶率以田地为姓，更无名，其后裔则云某氏之子孙几男，所谓田米私姓也。

国中兵刑惟三章：杀人者死，伤人及重罪徒，轻罪罚日中晒之，计罪而定其日。国中数年无斩犯，间有犯斩罪者，又率引刀自剖腹死。

七月十五夜，开窗见人家门外皆列火炬二，询之土人云：国俗于十五日盆祭，预期迎神，祭后乃去之。盆祭者，中国所谓盂兰会也。连日见市上小儿各手一纸幡，对立招展，作迎神状，知国俗盆祭祀先，亦大祭矣。

龟山南岸有窑，国人取车螯大蚶之壳以煅，塈灰壁不及石灰，而黏过者。再东北有池，为国人煮盐处。

七月二十五日，正副使行册封礼，途中观者益众。上万松岭，迤逦而东，衢道修广，有坊，榜曰"中山道"，又进一坊，榜曰"守礼之邦"。世孙戴皮弁，服蟒衣，腰玉带，垂裳结佩，率百官跪迎道左。更进为欢会门，踞山巅，叠礁石为城，削磨如壁，有鸟道，无雉堞，高五尺以上，远望如聚髑髅。始悟《隋书》所谓王居多聚髑髅于其下者，乃远望误于形似，实未至城下也。城外石匡，左镌“龙冈”字，右镌“虎崒”字。

王宫西向，以中国在海西，表忠顺面向之意。后东向为继世门，左南向为水门，右北向为久庆门。再进层匡，有门西北向曰瑞泉，左右甬道，有左掖、右掖二门。更进有漏西向，榜曰“刻漏”，上设铜壶漏水。更进有门西北向，为奉神门，即王府门也。殿廷方广十数亩，分砌二道。由甬道进至阙廷，为王听政之所。壁悬伏羲画卦像，龙马负图立其前，绢色苍古，微有剥蚀，殆非近代物。北宫殿屋固朴，屋举手可接，以处山冈，且阻海飓。面对为南宫。此日正副使宴于北宫，大礼既成，通国欢忭。闻国王经行处，悉有彩饰，泉崎道旁，列盆花异卉，绕以朱栏，中刻木作麒麟形，题曰：“非龙非彪，非熊非罴，王者之瑞兽。”天妃宫前，植大松六，叠假山四，作白鹤二，生子母鹿三。池上结棚，覆以松枝，松子垂如葡萄。池中刻木鲤大小五，令浮水面。环池以竹，栏旁有坊曰偕乐坊，柱悬一版，题曰：“鹿濯濯，鸟翯翯，牣鱼跃。”归而述诸副使，副使曰：“此皆志略所载，事隔数十年。一字不易，可谓印板文字矣。”从客皆笑。

宜野湾县有龟寿者，事继母以孝，国人莫不闻。母爱所生子，而短龟寿于其父伊佐前，且不食以激其怒。伊左惑之，欲死龟寿，将令深夜汲北宫，要而杀之。仆匿龟寿于家，往谏伊佐，伊佐缚而放之，且谓事已露，不可杀，乃逐龟寿。龟寿既被放，欲自尽，又恐张母恶。值天雨雹，病不支，僵卧于路。巡官见之，近而抚其体犹温，知未死，覆以己衣。渐苏，徐诘其故，龟寿不欲扬父母之恶，饰词告之。初，巡官闻孝子龟寿被放，意不平，至是见言语支吾，疑即龟寿，赐衣食令去。密访得其状，乃传集村人，系伊佐妻至，数其罪而监之。将告于王，龟寿愿以身代，巡官不忍伤孝子心，召伊佐夫妇面谕之。妇感悟，卒为母子如初。副使既为之记，余复为诗以表章之，诗云：“辎轩问俗到球阳，潜德端须为阐扬。诚孝由来能感格，何殊闵损与王祥。”以为事继母而不能尽孝者劝。

经迭山墟方集，因步行集中，观所市物，薯为多，亦有鱼、盐、酒、菜、陶、木器、蕉苎、土布，粗恶无足观者。国无肆店，率业于其家，市货以有易无，不用银钱。闻国中多用日本宽永钱，比来亦不见。昨香厓携示串钱，环如鹅眼，无轮廓，贯以绳，积长三寸许，连四贯而合之，封以纸，上有钤记，此球人新制钱，每封当大钱十。盖国中钱少，宽永钱铜质较美，恐或有人买去，故收藏之。特制此钱应用，市中无钱以此。

国中男逸女劳，无有肩担背负者，趁集、织纫及采薪、运水，皆妇人主之。凡物皆戴之顶，女衣既无钮无带，又不束腰，而国俗男女皆无裤，势须以手曳襟，襟较男衣长，叠襟下为两层，风不得开。因悟髻必偏坠者，以手既曳襟，须空其顶以戴物，童而习之，虽重百觔，登山涉涧，无倾侧，是国中第一绝技也。其动作时，常卷两袖至背，贯绳而束之。发垢辄洗，洗用泥，脱衣结于腰，赤身低头，见人亦不避。抱儿惟一手，叉置腰间，即藉以曳襟。

东苑在崎山，出欢会门，折而北，逐瑞泉下流，至龙渊桥，汇而为池，广可十丈，长可数十丈，捍以堤，曰龙潭，水清鱼可数，荷叶半倒。再折而东，有小村，篆屏修整，松盖阴翳，薄云补林，微风啸竹，园外已极幽趣。入门，板亭二，南向。更进而南，屋三楹。亭东有阜，如覆盂。折而南，有岩西向，上镌梵字，下蹲石狮一，饰以五采。再下，有小方池，凿石为龙首，泉从口出。有金鱼池，前竹万竿，后松百挺。再东，为望仙阁，前有东苑阁，后为能仁堂，东北望海，西南望山，国中形胜，此为第一。

南苑之胜，亦不减于东苑。越中马富盛。折而东，循行阡陌间，水田漠漠，番薯油油，绝无秋景。薯有新种者，问知已三收矣。再入山，松阴夹道，茅屋参差，田家之景可画。计十余里，始入苑村，名姑场川，即同乐苑也。苑踞山脊，轩五楹，夹室为复阁，颇曲折。轩前有池新凿，狭而东西长。叠礁为桥，桥南新阜累累，因阜以为亭，宜远眺。亭东植奇花异卉，有花绝类蝴蝶，绛红色，叶如嫩槐，曰蝴蝶花。有松叶如白毛，曰白发松。池东旧有亭，圮，以布代之。池西有阁，颇轩敞，四面风来，宜纳凉。有阁曰迎晖，有亭曰一览，即正副使所题也。轩北有松，有凤蕉，有桃，有柳。黄昏举烟火，略同中国。余偕寄尘游波上，板阁无他神，惟挂铜片幡，上凿“奉寄御币”字，后署云：“元和二年壬戌。”或疑为唐时物，非也。按元和二年为丁亥，非壬戌也。日本马场信武撰《八卦通变指南》，内列三元指掌，云上元起永禄七年甲子，止元和三年癸亥。如元起宽永元年甲子，止元和三年癸亥。下元起贞亨元年甲子。今元禄十六年癸未，国中既行宽永钱，证以元和日本僭号，知琉球旧曾奉日本正朔，今讳言之欤？

纸鸢制无精巧者，儿童多立屋上放之。按中国多放于清明前，义取张口仰视，宣导阳气，令儿少疾；今放于九月，以非九月纸鸢不能上，则风力与中国异，即此可验球阳气暖，故能十月种稻。

国俗男欲为僧者听，既受戒，有廪给。有犯戒者，饬令还俗，放之别岛。女子愿为土妓者亦听接交外客，女之兄弟仍与外客叙亲往来，然率皆贫民，故不以为耻。若已嫁夫而复敢犯奸者，许女之父兄自杀之，不以告王。即告王，王亦不赦。此国中良贱之大防，所以重廉耻也。此邦有红衣妓，与之言不解，按拍清歌，皆方言也。然风韵亦正有佳者，殆不减憨园。近忽因事他迁，以扇索诗，因题二诗以赠之。诗云："芳龄二八最风流，楚楚腰身剪剪眸。手抱琵琶浑不语，似曾相识在苏州。""新愁旧恨感千端，再见真如隔世难。可惜今宵好明月，与谁共卷绣帘看？"

国人率恭谨，有所受，必高举为礼；有所敬，则俯身搓手而后膜拜。劝尊者酒，酌而置杯于指尖以为敬，平等则置手心。

此邦屋俱不高，瓦必瓯，以避飓也。地板必去地三尺，以避湿也。屋脊四出，如八角亭，四面接修，更无重构复室，以省材也。屋无门户，上限刻双沟，设方格，糊以纸，左右推移，更不设暗闩，利省便，恃无盗也。临街则设矣。神龛置青石于炉，实以沙，祀祖神也。国以石为神，无传真也。瓦上瓦狮，《隋书》所谓兽头骨角也。壁无粉墁，示朴也。贵家间有糊砑粉花笺，习华风，渐奢也。

龟山有峰独出，与众山绝，前附小峰，离约二丈许。邦人驾石为洞，连二山，高十丈余，结布幔于洞东。小憩，拾级而登，行洞上又十余级，乃陟巅。巅恰容一楼，楼无名，四面轩豁，无户牖。副使谓余曰："兹楼俯中山之全势，不可无名。"因名之曰"蜀楼"，并为之跋曰："蜀者何？独也。楼何以蜀名？以其踞独山也。不曰独而曰蜀者，以副使为蜀人，楼构已百年，而副使乃名之，若有待也。"楼左瞰青畴，右扶苍石，后临大海，前揖中山，坐其中以望，若建瓴焉。余又请于副使曰："额不可无联。"副使因书前四语付之。归路循海而西，厓洞溪壑皆奇峭，是又一胜游矣。

越南山，度丝满村，人家皆面海，奇石林立。遵海而西，有山，翠色攒空，石骨穿海，曰沙岳。时午潮初退，白石邻邻，群马争驰，飞溅如雨。再西，度大岭村，丛棘为篱，鱼网数百晒其上。村外水田漠漠，泥淖陷马。有牛放于冈，汪《录》谓马耕无牛，今不尽然也。

本岛能中山语者，给黄帽为酋长，岁遣亲云上监抚之，名奉行官，主其赋讼。各赋其土之宜，以贡于王。间切者，外府之谓。首里、泊、久来、那霸四府为王畿，故不设，此外皆设。职在亲民，察其村之利弊，而报于亲云上。间切，略如中国知府。中山属府十四，间切十，山南省属府十二，山北省属府九，间切如其府数。

国俗自八月初十至十五日，并蒸米，拌赤小豆为饭相饷，以祭月，风同中国。是夜，正副使邀从客露饮，月光澄水，天色拖蓝，风寂动息，潮声杂丝竹声自远而至，恍置身三山，听子晋吹笙，麻姑度曲，万缘俱静矣。宇宙之大，同此一月。回忆昔日萧爽楼中，良宵美景，轻轻放过，今则天各一方，能无对月而兴怀乎？

世传八月十八日为潮生辰，国俗，于是夜候潮坡上。子刻，偕寄尘至坡上，草如碧毯，沾露愈滑，扶仆行，凭垣倚石而坐。丑刻，潮始至，若云峰万叠，卷海飞来。须臾，腥气大盛，水怪抟风，金蛇掣电，天柱欲折，地轴暗摇，雪浪溅衣，直高百尺，未敢遽窥鲛宫，已若有推而起之者，迷离惝恍，千态万状。观此，乃知枚乘《七发》，犹形容未尽也。潮既退，始闻噌吰之声出礁石间，徐步至护国寺，尚似有雷霆震耳，潮至此，观止矣。

元旦至六日，贺节。初五日，迎灶。二月，祭麦神。十二日，浚井，汲新水，俗谓之洗百病。三月三日，作艾糕。五月五日，竞渡。六月六日，国中作六月节，家家蒸糯米，为饭相饷。十二月八日，作糯米糕，层裹棕叶，蒸以相饷，名曰鬼饼。二十四日，送灶。正三五九为吉月，妇女率游海畔，拜水神祈福。逢朔日，群汲新水献神，此其略也。余独疑国俗敬佛，而不知四月八日为佛诞辰，腊八鬼饼如角黍，而不知七宝粥。

国王送菊二十余盆，花叶并茂，根际皆以竹签标名，内三种尤异类：一名“金锦”，朵兼红黄白三色，小而繁，灿如列星；一名“重宝”，瓣如莲而小，色淡红；一名“素球”，瓣宽，不类菊，重叠千层，白如雪，皆所未见者。媵之以诗，诗云：“陶篱韩圃多秋色，未必当年有此花。似汝幽姿真可惜，移根无路到中华。”

见狮子舞，布为身，皮为头，丝为尾，剪彩如毛饰其外，头尾口眼皆活，镀睛贴齿，两人居其中，俯仰跳跃，相驯狎欢腾状。余曰：“此近古乐矣。”按《旧唐书·音乐志》，后周武帝时造太平乐，亦谓之五方狮子舞。白乐天《西凉妓》云：“假面夷人弄狮子，刻木为头丝作尾。金镀眼睛银贴齿，奋迅毛衣罢双耳。”即此舞也。

此邦有所谓踏柁戏者，横木以为梁，高四尺余，复置板而横之，长丈有二尺，虚其两端，均力焉。夷女二，结束衣彩，赤双足，各手一巾，对立相视而歌。歌未竟，跃立两端，稍作低昂，势若水碓之起伏，渐起渐高。东者陡落而激之，则西飞起三丈余，翩翩若轻燕之舞于空也；西者落而陡激之，则东者复起，又如鸷鸟之直上青云也。叠相起伏，愈激愈疾，几若山鸡舞镜，不复辨其孰为影，孰为形焉。俄焉势渐衰，机渐缓，板末乃安，齐跃而下，整衣而立。终戏，无虚蹈方寸者，技至此绝矣。

接送宾客颇真率，无揖让之烦。客至不迎，随意坐，主人即具烟架火炉，竹筒木匣各一，横烟管其上，匣以烟，筒以弃灰也。遇所敬客，乃烹茶，以细末粉少许，杂茶末，入沸水半瓯，搅以小竹帚，以沫满瓯面为度。客去，亦不送。贵官劝客，常以箸蘸浆少许，纳客唇以为敬。烧酒著黄糖则名福，著白糖则名寿，亦劝客之一贵品也。

重阳具龙舟竞渡于龙潭，琉球亦于五月竞渡。重阳之戏，专为宴天使而设。因成三诗以志之，诗云："故园辜负菊花黄，万里迢迢在异乡。舟泛龙潭看竞渡，重阳错认作端阳。""去年秋在洞庭湾，亲摘黄花插翠鬟。今日登高来海外，累伊独上望夫山。""待将风信泛归槎，犹及初冬好到家。已误霜前开菊宴，还期雪里访梅花。"

闻程顺则曾于津门购得宋朱文公墨迹十四字，今其后裔犹宝之。借观不得，因至其家，开卷见笔势森严，如奇峰怪石，有岩岩不可犯之色，想见当日道学气象。字径八寸以上，文曰："香飞翰苑围川野，春报南桥叠萃新。"后有名款，无岁月。文公墨迹，流传世间者，莫不宝而藏之，盖其所就者大，笔墨乃其余事，而能自成一家言如此，知古人学力，无所不至也。

又游蔡清派家祠，祠内供蔡君谟画像，并出君谟墨迹见示，知为君谟的派，由明初至琉球，为三十六姓之一。清派能汉语，人亦倜傥。由祠至其家，花木俱有清致，池圆如月，为额其室曰"月波大屋"。大抵球人工剪剔树木，叠砌假山，故士大夫家，率有丘壑以供游览。庭中树长竿，上置小木舟，长二尺，桅舵帆橹皆备。首尾风轮五叶，挂色旗以候风。渡海之家，率预计归期，南风至，则合家欢喜，谓行人当归，归则撤之，即古五两旗遗意。

国王有墨长五寸，宽二寸。有老坑端砚，长一尺，宽六寸，有"永乐四年"字，砚背有"七年四月东坡居士留赠潘邠老"字，问知为前明受赐物。国中有东坡诗集，知王不但宝其砚矣。

棉纸清纸，皆以谷皮为之，恶不中书者。有护书纸，大者佳，高可三尺许，阔二尺，白如玉。小者减其半。亦有印花诗笺，可作札。别有围屏纸，则糊壁用矣。徐葆光《球纸诗》云："冷金入手白于练，侧理海涛凝一片。昆刀截截径尺方，叠雪千层无幂面。”形容殆尽。

南炮台间有碑二，一正书，剥蚀甚微，“奉书造”三字，一其国学书，前朝嘉靖二十一年建，惟不能尽识，其笔力正自遒劲飞舞。

有木曰山米，又名野麻姑，叶可染，子如女贞，味酸，士人榨以为醋。球醋纯白，不甚酸，供者以为米醋，味不类，或即此果所榨欤？

席地坐，以东为上，设毡。食皆小盘，方盈尺，著两板为脚，高八寸许。肴凡四进，各盘贮而不相共，三进皆附以饭，至四肴乃进酒二，不过三巡。每进肴止一盘，必撤前肴而后进其次肴。饭用油煎面果，次肴饭用炒米花，三肴用饭。每供肴酒，主人必亲手高举置客前，俯身搓手而退。终席，主人不陪，以为至敬。此球人宴会尊客之礼。平等乃对饮。大要球俗席皆坐地，无椅桌之用，食具如古俎豆，肴尽干制，无所用勺。虽贵官家食，不过一肴、一饭、一箸，箸多削新柳为之。即妻子不同食，犹有古人之遗风焉。

使院敷命堂后，旧有二榜。一书前明册使姓名：洪武五年，封中山王察度，使行人汤载；永乐二年，封武宁，使行人时中；洪熙元年，封巴志，使中官柴山；正统七年，封尚忠，使给事中俞忭、行人刘逊；十三年，封尚思达，使给事中陈传、行人万祥；景泰二年，封尚景福，使给事中乔毅、行人童守宏；六年，封尚泰久，使给事中严诚、行人刘俭；天顺六年，封尚德，使吏科给事中潘荣、行人蔡哲；成化六年，封尚圆，使兵科给事中官荣、行人韩文；十三年，封尚真，使兵科给事中董旻、行人司司副张祥；嘉靖七年，封尚清，使吏科给事中陈侃、行人高澄；四十一年，封尚元，使吏科左给事中郭汝霖、行人李际春；万历四年，封尚永，使户科左给事中萧崇业、行人谢杰；二十九年，封尚宁，使兵科右给事中夏子阳、行人王士正；崇祯元年，封尚丰，使户科左给事中杜三策、行人司司正杨伦。凡十五次，二十七人，柴山以前无副也。

一书本朝册使姓名：康熙二年，封尚质，使兵科副理官张学礼、行人王垓；二十一年，封尚贞，使翰林院检讨汪楫、内阁中书舍人林麟焻；五十八年，封尚敬，使翰林院检讨海宝、翰林院编修徐葆光；乾隆二十一年，封尚穆，使翰林院侍讲全魁、翰林院编修周煌。凡四次，共八人。

清明后，南风为常，霜降后，南北风为常，反是飓飓将作。正二三月多飓，五六七八月多飓，飓聚发而倏止，飓渐作而多日。九月北风或连月，俗称九降风，间有飓起，亦骤如飓。遇飓犹可，遇飓难当。十月后多北风，飓飓无定期，舟人视风隙以来往。凡飓将至，天色有黑点，急收帆严舵以待，迟则不及，或至倾覆。飓将至，天边断虹若片帆，曰“破帆”，稍及半天如鲎尾，曰屈鲎，若见北方，尤虐。又海面骤变，多秽如米糠，及海蛇浮游，或红蜻蜓飞绕，皆飓风征。

自来球阳。忽已半年，东风不来，欲归无计。十月二十五日，乃始扬帆返国。至二十九日，见温州南杞山，少顷，见北杞山，有船数十只泊焉，舟人皆喜，以为此必迎护船也。守备登后艄以望，惊报曰：“泊者贼船也！”又报：“贼船皆扬帆矣！”未几，贼船十六只吆喝而来，我船从舵门放子母炮，立毙四人，击喝者坠海，贼退；枪并发，又毙六人；复以炮击之，毙五人；稍进，又击之，复毙四人。乃退去。其时贼船已占上风，暗移子母炮至舵右舷边，连毙贼十二人，焚其头篷，皆转舵而退。中有二船较大，复鼓噪由上风飞至。大炮准对贼船即施放，一发中其贼首，烟迷里许，既散，则贼船已尽退。是役也，枪炮俱无虚发，幸免于危。

不一时，北风又至，浪飞过船。梦中闻舟人哗曰：“到官塘矣。”惊起。从客皆一夜不眠，语余曰：“险至此，汝尚能睡耶？”余问其状，曰：“每侧则篷皆卧水，一浪盖船，则船身入水，惟闻瀑布声垂流不息，其不覆者，幸耶！”余笑应之曰：“设覆，君等能免乎？余入黑甜乡，未曾目击其险，岂非幸乎！”盥后，登战台视之，前后十余灶皆没，船面无一物，爨火断矣。舟人指曰：“前即定海，可无虑矣。”申刻乃得泊，船户登岸购米薪，乃得食。是夜修家书，以慰芸之悬系，而归心益切。犹忆昔年芸尝谓余：“布衣菜饭，可乐终身，不必作远游。”此番航海，虽奇而险，濒危幸免，始有味乎芸之言也。

卷六　养生记道

自芸娘之逝，戚戚无欢。春朝秋夕，登山临水，极目伤心，非悲则恨。读《坎坷记愁》，而余所遭之拂逆可知也。

静念解脱之法，行将辞家远出，求赤松子于世外。嗣以淡安、揖山两昆季之劝，遂乃栖身苦庵，惟以《南华经》自遣，乃知蒙庄鼓盆而歌，岂真忘情哉？无可奈何，而翻作达耳。余读其书，渐有所悟。读《养生主》而悟达观之士，无时而不安，无顺而不处，冥然与造化为一。将何得而何失，孰死而孰生耶？故任其所受，而哀乐无所错其间矣。又读《逍遥游》，而悟养生之要，惟在闲放不拘，怡适自得而已。始悔前此之一段痴情，得勿作茧自缚矣乎！此《养生记道》之所以为作也。亦或采前贤之说以自广，扫除种种烦恼，惟以有益身心为主，即蒙庄之旨也。庶几可以全生，可以尽年。

余年才四十，渐呈衰象，盖以百忧摧撼，历年郁抑，不无闷损。淡安劝余每日静坐数息，仿子瞻《养生颂》之法，余将遵而行之。调息之法，不拘时候，兀身端坐，子瞻所谓摄身使如木偶也。解衣缓带，务令适然。口中舌搅数次，微微吐出浊气，不令有声，鼻中微微纳之，或三五遍，二七遍，有津咽下，叩齿数通，舌抵上腭，唇齿相著，两目垂帘，令胧胧然渐次调息，不喘不粗。或数息出，或数息入，从一至十，从十至百，摄心在数，勿令散乱。子瞻所谓“寂然、兀然、与虚空等也”。如心息相依，杂念不生，则止勿数，任其自然。子瞻所谓“随”也。坐久愈妙。若欲起身，须徐徐舒放手足，勿得遽起。能勤行之，静中光景，种种奇特。子瞻所谓“定能生慧”。自然明悟，譬如盲人忽然有眼也，直可明心见性，不但养身全生而已。出入绵绵，若存若亡，神气相依，是为真息。息息归根，自能夺天地之造化，长生不死之妙道也。

人大言，我小语。人多烦，我少记。人悸怖，我不怒。澹然无为，神气自满，此长生之药。《秋声赋》云：“奈何思其力之所不及，忧其智之所不能。宜其渥然丹者为槁木，黟然黑者为星星。”此士大夫通患也。又曰：“百忧感其心，万事劳其形。有动于中，必摇其精。”人常有多忧多思之患，方壮遽老，方老遽衰。反此亦长生之法。舞衫歌扇，转眼皆非；红粉青楼，当场即幻。秉灵烛以照迷情，持慧剑以割爱欲，殆非大勇不能也。然情必有所寄，不如寄其情于卉木，不如寄其情于书画，与对艳妆美人何异？可省却许多烦恼。

范文正有云，千古圣贤，不能免生死，不能管后事。一身从无中来，却归无中去。谁是亲疏？谁能主宰？既无奈何，即放心逍遥，任委来往。如此断了，既心气渐顺，五脏亦和，药方有效，食方有味也。只如安乐人，勿有忧事。便吃食不下，何况久病，更忧身死，更忧身后，乃在大怖中，饮食安可得下？请宽心将息云云，乃劝其中舍三哥之帖。余近日多忧多虑，正宜读此一段。

放翁胸次广大，盖与渊明、乐天、尧夫、子瞻等，同其旷逸。其于养生之道，千言万语，真可谓有道之士。此后当玩索陆诗，正可疗余之病。

浴浴极有益。余近制一大盆，盛水极多。浴浴后，至为畅适。东坡诗所谓“淤槽漆斛江河倾，本来无垢洗更轻”，颇领略得一二。

治有病，不若治于无病。疗身，不若疗心。使人疗，尤不若先自疗也。林鉴堂诗曰：“自家心病自家知，起念还当把念医。只是心生心作病，心安那有病来时。”此之谓自疗之药。游心于虚静，结志于微妙，委虑于无欲，指归于无为，故能达生延命，与道为久。

《仙经》以精、气、神为内三宝，耳、目、口为外三宝。常令内三宝不逐物而流，外三宝不诱中而扰。重阳祖师于十二时中，行、住、坐、卧，一切动中，要把心似泰山，不摇不动。谨守四门：眼、耳、鼻、口，不令内入外出，此名养寿紧要。外无劳形之事，内无思想之患，以恬愉为务，以自得为功，形体不敝，精神不散。

益州老人尝言："凡欲身之无病，必须先正其心，使其心不乱求，心不狂思，不贪嗜欲，不着迷惑，则心君泰然矣。心君泰然，则百骸四体，虽有病，不难治疗。独此心一动，百患为招，即扁鹊、华佗在旁，亦无所措手矣。"林鉴堂先生有《安心诗》六首，真长生之要诀也。诗云：

我有灵丹一小锭，能医四海群迷病。
些儿吞下体安然，管取延年兼接命。

安心心法有谁知，却把无形妙药医。
医得此心能不病，翻身跳入太虚时。

念杂由来业障多，憧憧扰扰竟如何？
驱魔自有玄微诀，引入尧夫安乐窝。

人有二心方显念，念无二心始为人。
人心无二浑无念，念绝悠然见太清。

这也了时那也了，纷纷攘攘皆分晓。
云开万里见清光，明月一轮圆皎皎。

四海遨游养浩然，心连碧水水连天。
津头自有渔郎问，洞里桃花日日鲜。

禅师与余谈养心之法，谓："心如明镜，不可以尘之也。又如止水，不可以波之也。"此与晦庵所言"学者常要提醒此心，惺惺不寐，如日中天，群邪自息"，其旨正同。又言"目毋妄视，耳毋妄听，口毋妄言，心毋妄动，贪嗔痴爱，是非人我，一切放下。未事不可先迎，遇事不宜过扰，既事不可留住；听其自来，应以自然，信其自去。忿懥恐惧，好乐忧患，皆得其正"。此养心之要也。

王华子曰："斋者，齐也。齐其心而洁其体也，岂仅茹素而已。所谓齐其心者，澹志寡营，轻得失，勤内省，远荤酒；洁其体者，不履邪径，不视恶色，不听淫声，不为物诱。入室闭户，烧香静坐，方可谓之斋也。诚能如是，则身中之神明自安，升降不碍，可以却病，可以长生。”

余所居室，四边皆窗户，遇风即阖，风息即开。余所居室，前帘后屏，太明即下帘，以和其内映；太暗则卷帘，以通其外耀。内以安心，外以安目，心目俱安，则身安矣。

禅师称二语告我曰：“未死先学死，有生即杀生。”有生，谓妄念初生；杀生，谓立予铲除也。此与孟子“勿忘勿助”之功相通。

孙真人《卫生歌》云：

卫生切要知三戒，大怒大欲并大醉。
三者若还有一焉，须防损失真元气。

又云：

世人欲知卫生道，喜乐有常嗔怒少。
心诚意正思虑除，理顺修身去烦恼。

又云：

醉后强饮饱强食，未有此生不成疾。
入资饮食以养身，去其甚者自安适。

又蔡西山《卫生歌》云：

何必餐霞饵大药，妄意延龄等龟鹤。
但于饮食嗜欲间，去其甚者将安乐。
食后徐行百步多，两手摩胁并胸腹。

又云：

醉眠饱卧俱无益，渴饮饥餐尤戒多。
食不欲粗并欲速，宁可少餐相接续。
若教一顿饱充肠，损气伤脾非尔福。

又云：

饮酒莫教令大醉，大醉伤神损心志。
酒渴饮水并啜茶，腰脚自兹成重坠。

又云：

视听行坐不可久，五劳七伤从此有。
四肢亦欲得小劳，譬如户枢终不朽。

又云：

道家更有颐生旨，第一戒人少嗔恚。

凡此数言，果能遵行，功臻旦夕，勿谓老生常谈也。

洁一室，开南牖，八窗通明。勿多陈列玩器，引乱心目。设广榻、长几各一，笔砚楚楚，旁设小几一，挂字画一幅，频换。几上置得意书一二部，古帖一本，古琴一张。心目间常要一尘不染。

晨入园林，种植蔬果，芟草，灌花，莳药。归来入室，闭目定神。时读快书，怡悦神气；时吟好诗，畅发幽情。临古帖，抚古琴，倦即止。知己聚谈，勿及时事，勿及权势，勿臧否人物，勿争辩是非。或约闲行，不衫不履，勿以劳苦徇礼节。小饮勿醉，陶然而已。诚能如是，亦堪乐志。以视夫蹩足入绊，申脰就羁，游卿相之门，有簪佩之累，岂不霄壤之悬哉？

太极拳非他种拳术可及。太极二字，已完全包括此种拳术之意义。太极，乃一圆圈，太极拳即由无数圆圈联贯而成之一种拳术。无论一举手，一投足，皆不能离此圆圈，离此圆圈，便违太极拳之原理。四肢百骸不动则已，动则皆不能离此圆圈。处处成圆，随虚随实。练习以前，先须存神纳气，静坐数刻，并非道家之守窍也。只须屏绝思虑，务使万缘俱静。以缓慢为原则，以毫不使力为要义，自首至尾，联绵不断。相传为辽阳张通，于洪武初奉召入都，路阻武当，夜梦异人，授以此种拳术。余近年从事练习，果觉身体较健，寒暑不侵。用以卫生，诚有益而无损者也。

省多言，省笔札，省交游，省妄想，所一息不可省者，居敬养心耳。杨廉夫有《路逢三叟》词云：

上叟前致词，大道抱天全。中叟前致词，寒暑每节宣。下叟前致词，百年半单眠。

尝见后山诗一词，亦此意。盖出应璩，璩诗曰："昔有行道人，陌上见三叟。年各百岁余，想与锄禾麦。往前问三叟，何以得此寿？上叟前致词，室内姬粗丑。二叟前致词，量腹节所受。下叟前致词，夜卧不覆首。要哉三叟言，所以能长久。"

古人云："比上不足，比下有余。"此最是寻乐妙法也。将啼饥者比，则得饱自乐；将号寒者比，则得暖自乐；将劳役者比，则优闲自乐；将疾病者比，则康健自乐；将祸患者比，则平安自乐；将死亡者比，则生存自乐。

白乐天诗有云："蜗牛角内争何事，石火光中寄此身。随富随贫且欢喜，不开口笑是痴人。”

近人诗有云：“人生世间一大梦，梦里胡为苦认真？梦短梦长俱是梦，忽然一觉梦何存！”与乐天同一旷达也！

“世事茫茫，光阴有限，算来何必奔忙！人生碌碌，竞短论长，却不道荣枯有数，得失难量。看那秋风金谷，夜月乌江，阿房宫冷，铜雀台荒。荣华花上露，富贵草头霜。机关参透，万虑皆忘。夸什么龙楼凤阁，说什么利锁名缰。闲来静处，且将诗酒猖狂。唱一曲归来未晚，歌一调湖海茫茫。逢时遇景，拾翠寻芳。约几个知心密友，到野外溪旁，或琴棋适性，或曲水流觞；或说些善因果报，或论些今古兴亡；看花枝堆锦绣，听鸟语弄笙簧。一任他人情反复，世态炎凉，优游闲岁月，潇洒度时光。”此不知为谁氏所作，读之而若大梦之得醒，热火世界一帖清凉散也。

程明道先生曰：“吾受气甚薄，因厚为保生。至三十而浸盛，四十五十而浸盛，四十五十而后完。今生七十二年矣，较其筋骨，于盛年无损也。若人待老而保生，是犹贫而后蓄积，虽勤亦无补矣。”

口中言少，心头事少，肚里食少。有此三少，神仙可到。

酒宜节饮，忿宜速惩，欲宜力制。依此三宜，疾病自稀。

病有十可却：静坐观空，觉四大原从假合，一也；烦恼现前，以死譬之，二也；常将不如我者，巧自宽解，三也；造物劳我以生，遇病少闲，反生庆幸，四也；宿孽现逢，不可逃避，欢喜领受，五也；家室和睦，无交谪之言，六也；众生各有病根，常自观察克治，七也；风寒谨防，嗜欲淡薄，八也；饮食宁节毋多，起居务适毋强，九也；觅高朋亲友，讲开怀出世之谈，十也。

邵康节居安乐窝中，自吟曰：

老年肢体索温存，安乐窝中别有春。万事去心闲偃仰，四肢由我任舒伸。炎天傍竹凉铺簟，寒雪围炉软布衵。昼数落花聆鸟语，夜邀明月操琴音。食防难化常思节，衣必宜温莫懒增。谁道山翁拙于用，也能康济自家身。

养生之道，只“清净明了”四字。内觉身心空，外觉万物空，破诸妄想，一无执着，是曰“清净明了”。

万病之毒，皆生于浓。浓于声色，生虚怯病；浓于货利，生贪饕病；浓于功业，生造作病；浓于名誉，生矫激病。噫，浓之为毒甚矣！樊尚默先生以一味药解之，曰“淡”。云白山青，川行石立，花迎鸟笑，谷答樵讴，万境自闲，人心自闲。

岁暮访淡安，见其凝尘满室，泊然处之，叹曰："所居，必洒扫涓洁，虚室以居，尘嚣不杂。斋前杂树花木，时观万物生意。深夜独坐，或启扉以漏月光，至昧爽，但觉天地万物，清气自远而届，此心与相流通，更无窒碍。今室中芜秽不治，弗以累心，但恐于神爽未必有助也。"

余年来静坐枯庵，迅扫夙习。或浩歌长林，或孤啸幽谷，或弄艇投竿于溪涯湖曲，捐耳目，去心智，久之似有所得。

陈白沙曰："不累于外物，不累于耳目，不累于造次颠沛。鸢飞鱼跃，其机在我。"知此者谓之善学，抑亦养寿之真诀也。

圣贤皆无不乐之理。孔子曰："乐在其中。"颜子曰："不改其乐。"孟子以"不愧不怍"为乐。《论语》开首说"乐"，《中庸》言"无入而不自得"，程朱教寻孔颜乐趣，皆是此意。圣贤之乐，余何敢望，窃欲仿白傅之"有叟在中，白须飘然，妻孥熙熙，鸡犬闲闲"之乐云耳。

冬夏皆当以日出而起，于夏尤宜。天地清旭之气，最为爽神，失之甚为可惜。余居山寺之中，暑月日出则起，收水草清香之味。莲方敛而未开，竹含露而犹滴，可谓至快。日长漏永，午睡数刻，焚香垂幕，净展桃笙，睡足而起，神清气爽。真不啻天际真人也。

乐即是苦，苦即是乐。带些不足，安知非福？举家事事如意，一身件件自在，热光景，即是冷消息。圣贤不能免厄，仙佛不能免劫。厄以铸圣贤，劫以炼仙佛也。

牛喘月，雁随阳，总成忙世界；蜂采香，蝇逐臭，同是苦生涯。劳生扰扰，惟利惟名。牿旦昼，蹶寒暑，促生死，皆此两字误之。以名为炭而灼心，心之液涸矣；以利为虿而螫心，心之神损矣。今欲安心而却病，非将名利两字，涤除净尽不可。

余读柴桑翁《闲情赋》，而叹其钟情；读《归去来辞》，而叹其忘情；读《五柳先生传》，而叹其非有情非无情，钟之忘之，而妙焉者也。余友淡公，最慕柴桑翁，书不求解而能解，酒不期醉而能醉，且语余曰："诗何必五言？官何必五斗？子何必五男？宅何必五柳？"可谓逸矣！余梦中有句云："五百年谪在红尘，略成游戏；三千里击开沧海，便是逍遥。"醒而述诸琢堂，琢堂以为飘逸可诵，然而谁能会此意乎？真定梁公每语人：每晚家居，必寻可笑之事，与客纵谈，掀髯大笑，以发舒一日劳顿郁结之气。此真得养生要诀也。曾有乡人过百岁，余扣其术。答曰："余乡村人，无所知，但一生只是喜欢，从不知忧恼。”此岂名利中人所能哉？

昔王右军云：“吾笃嗜种果，此中有至乐存焉。我种之树，开一花，结一实，玩之偏爱，食之益甘。”右军可谓自得其乐矣。放翁梦至仙馆，得诗云：“长廊下瞰碧莲沼，小阁正对青萝峰。”便以为极胜之景。余居禅房，颇擅此胜，可傲放翁矣。余昔在球阳，日则步履于空潭、碧涧、长松、茂竹之侧，夕则挑灯读白香山、陆放翁之诗。焚香煮茶，延两君子于座，与之相对，如见其襟怀之澹宕，几欲弃万事而从之游，亦愉悦身心之一助也。

余自四十五岁以后，讲求安心之法。方寸之地，空空洞洞，朗朗惺惺，凡喜怒哀乐、劳苦恐惧之事，决不令之入。譬如制为一城，将城门紧闭，时加防守，惟恐此数者阑入。近来渐觉阑入之时少，主人居其中，乃有安适之象矣。养身之道，一在慎嗜欲，一在慎饮食，一在慎忿怒，一在慎寒暑，一在慎思索，一在慎烦劳。有一于此，足以致病，安得不时时谨慎耶！

张敦复先生尝言：“古人读《文选》而悟养生之理，得力于两句，曰：‘石蕴玉而山辉，水含珠而川媚’。”此真是至言。尝见兰蕙、芍药之蒂间，必有露珠一点，若此一点为蚁虫所食，则花萎矣。又见笋初出，当晓，则必有露珠数颗在其末，日出，则露复敛而归根，夕则复上。田间有诗云“夕看露颗上梢行”是也。若侵晓入园，笋上无露珠，则不成竹，遂取而食之。稻上亦有露，夕现而朝敛，人之元气全在乎此。故《文选》二语，不可不时时体察。得诀固不在多也。

余之所居，仅可容膝，寒则温室拥杂花，暑则垂帘对高槐。所自适于天壤间者，止此耳。然退一步想，我所得于天者已多，因此心平气和，无歆羡，亦无怨尤。此余晚年自得之乐也。

圃翁曰：“人心至灵至动，不可过劳，亦不可过逸，惟读书可以养之。”闲适无事之人，镇日不观书，则起居出入，身心无所栖泊，耳目无所安顿，势必心意颠倒，妄想生嗔，处逆境不乐，处顺境亦不乐也。古人有言：“扫地焚香，清福已具。其有福者，佐以读书；其无福者，便生他想。”旨哉斯言！且从来拂意之事，自不读书者见之，似为我所独遭，极其难堪。不知古人拂意之事，有百倍于此者，特不细心体验耳！即如东坡先生殁后，遭逢高孝，文字始出，而当时之忧谗畏讥，困顿转徙潮惠之间，且遇跣足涉水，居近牛栏，是何如境界？又如白香山之无嗣，陆放翁之忍饥，皆载在书卷。彼独非千载闻人？而所遇皆如是。诚一平心静观，则人间拂意之事，可以涣然冰释。若不读书，则但见我所遭甚苦，而无穷怨尤嗔忿之心，烧灼不静，其苦为何如耶！故读书为颐养第一事也。

吴下有石琢堂先生之城南老屋，屋有五柳园，颇具泉石之胜。城市之中，而有郊野之观，诚养神之胜地也。有天然之声籁，抑扬顿挫，荡漾余之耳边。群鸟嘤鸣林间时，所发之断断续续声，微风振动树叶时，所发之沙沙簌簌声，和清溪细流流出时，所发之潺潺淙淙声。余泰然仰卧于青葱可爱之草地上，眼望蔚蓝澄澈之穹苍，真是一幅绝妙画图也。以视拙政园，一喧一静，真远胜之。

吾人须于不快乐之中，寻一快乐之方法。先须认清快乐与不快乐之造成，固由于处境之如何，但其主要根苗，还从己心发长耳。同是一人，同处一样之境，甲却能战胜劣境，乙反为劣境所征服。能战胜劣境之人，视劣境所征服之人，较为快乐。所以不必歆羡他人之福，怨恨自己之命，是何异雪上加霜，愈以毁灭人生之一切也。无论如何处境之中，可以不必郁郁，须从郁郁之中，生出希望和快乐之精神。偶与琢堂道及，琢堂亦以为然。

家如残秋，身如昃晚，情如剩烟，才如遣电，余不得已而游于画，而狎于诗，竖笔横墨，以自鸣其所喜。亦犹小草无聊，自矜其花；小鸟无奈，自矜其舌。小春之月，一霞始晴，一峰始明，一禽始清，一梅始生，而一诗一画始成。与梅相悦，与禽相得，与峰相立，与霞相揖，画虽拙而或以为工，诗虽苦而自以为甘。四壁已倾，一瓢已敝，无以损其愉悦之胸襟也。

圃翁拟一联，将悬之草堂中："富贵贫贱，总难称意，知足即为称意；山水花竹，无恒主人，得闲便是主人。"其语虽俚，却有至理。天下佳山胜水、名花美竹无限，大约富贵人役于名利，贫贱人役于饥寒，总鲜领略及此者，能知足，能得闲，斯为自得其乐，斯为善于摄生也。

心无止息，百忧以感之，众虑以扰之。若风之吹水，使之时起波澜，非所以养寿也。大约从事静坐，初不能妄念尽捐，宜注一念，由一念至于无念，如水之不起波澜。寂定之余，觉有无穷恬淡之意味，愿与世人共之。

阳明先生曰："只要良知真切，虽做举业，不为心累。且如读书时，知强记之心不是，即克去之；有欲速之心不是，即克去之；有夸多斗靡之心不是，即克去之。如此，亦只是终日与圣贤印对，是个纯乎天理之心，任他读书，亦只调摄此心而已，何累之有？"录此以为读书之法。

汤文正公抚吴时，日给惟韭菜。其公子偶市一鸡，公知之，责之曰："恶有士不嚼菜根，而能作百事者哉？”即遣去。奈何世之肉食者流，竭其脂膏，供其口腹，以为分所应尔。不知甘脆肥脓，乃腐肠之药也。大概受病之始，必由饮食不节。俭以养廉，澹以寡欲，安贫之道在是，却疾之方亦在是。余喜食蒜，素不贪屠门之嚼，食物素从省俭。自芸娘之逝，梅花盒亦不复用矣。庶不为汤公所呵乎！

留侯、邺侯之隐于白云乡，刘、阮、陶、李之隐于醉乡，司马长卿以温柔乡隐，希夷先生以睡乡隐，殆有所托而逃焉者也。余谓白云乡，则近于渺茫，醉乡、温柔乡，抑非所以却病而延年，而睡乡为胜矣。妄言息躬，辄造逍遥之境；静寐成梦，旋臻甜适之乡。余时时税驾，咀嚼其味，但不从邯郸道上，向道人借黄梁枕耳。

养生之道，莫大于眠食。菜根粗粝，但食之甘美，即胜于珍错也。眠亦不在多寝，但实得神凝梦甜，即片刻，亦足摄生也。放翁每以美睡为乐，然睡亦有诀。孙真人云："能息心，自瞑目。"蔡西山云："先睡心，后睡眼。"此真未发之妙。禅师告余，伏气，有三种眠法：病龙眠，屈其膝也；寒猿眠，抱其膝也；龟鹤眠，踵其膝也。余少时，见先君子于午餐之后，小睡片刻，灯后治事，精神焕发。余近日亦思法之。午餐后，于竹床小睡，入夜果觉清爽。益信吾父之所为，一一皆可为法。

余不为僧，而有僧意。自芸之殁，一切世味，皆生厌心；一切世缘，皆生悲想。奈何颠倒不自痛悔耶！近年与老僧共话无生，而生趣始得。稽首世尊，少忏宿愆，献佛以诗，餐僧以画。画性宜静，诗性宜孤，即诗与画，必悟禅机，殆臻超脱也。

图书在版编目（CIP）数据

板桥杂记 /（清）余怀著 . 幽梦影 /（清）张潮著 . 浮生六记 /（清）沈复著 . — 杭州 : 浙江古籍出版社，2017.2（2021.1 重印）
（古典文库）
ISBN 978-7-5540-0893-5

Ⅰ . ①板… ②幽… ③浮… Ⅱ . ①余… ②张… ③沈… Ⅲ . ①人生哲学—中国—清代②小品文—作品集—中国—清代③古典散文—散文集—中国—清代 Ⅳ . ① I264.9
② B825 ③ I264.9

中国版本图书馆 CIP 数据核字（2016）第 220892 号

板桥杂记　（清）余怀　著
幽 梦 影　（清）张潮　著
浮生六记　（清）沈复　著

出版发行　浙江古籍出版社
（杭州体育场路 347 号　电话：0571-85176986）
网　　址　https://zjgj.zjcbcm.com
责任编辑　伍姬颖
责任校对　余　宏
装帧设计　刘　欣
责任印务　楼浩凯
照　　排　杭州立飞图文制作有限公司
印　　刷　富阳美术印刷有限公司
开　　本　880 × 1230　1/32
印　　张　4.625
字　　数　170 千字
版　　次　2017 年 2 月第 1 版
印　　次　2021 年 1 月第 3 次印刷
书　　号　ISBN 978-7-5540-0893-5
定　　价　10.00 元

如发现印装质量问题，影响阅读，请与本社市场营销部联系调换。